金牌小说

Awarded Novels

长青藤国际大奖小说书系

吹号手的诺言！

The Trumpeter of Krakow

〔美〕埃里克·凯利 著　枣泥 译

云南出版集团　晨光出版社

嘹亮的誓约

那号声自烟尘中腾起，清越凄绝，
撞击着中古的时空，也撞击着阅读者的心。

　　这是一本翻开来就能听见号声的纽伯瑞金奖图书，那号声自烟尘中腾起，清越凄绝，撞击着中古的时空，也撞击着阅读者的心。它来自13世纪波兰克拉科夫城中圣母玛利亚教堂的高塔，就在那里，一个爱国的吹号手，吹响了他心中坚守的誓约——《海那圣歌》。战火中，随着高潮的乐音响起的，还有鞑靼侵略者射来的箭镞的风声……

　　那号声还在下一个故事中延展，混合着四散的烽烟，缭绕到了15世纪。那时的人们迷信鬼神，探究命运，为心中的利欲展开争夺。在信仰的支撑下，小男孩约瑟一家躲过纽扣脸彼得的重重迫害，为国王献上了稀世奇珍——塔尔努夫大水晶球。由始至终，约瑟都表现出了异乎寻常的机敏和刚毅，他坚守住古老的誓约，帮助家人度过了种种突如其来的灾难。最后，炼金术士突然将塔尔努夫大水晶球夺走丢进河里，就此终结了这场无休止的争斗。

　　这是美国儿童文学作家埃里克在波兰实地考察，在圣母玛利亚教堂外聆听了无数遍《海那圣歌》之后，以深情的笔触创作的一部关乎誓约的历史小说，一个惊心动魄的冒险故事。这部书充满了作者对克拉科夫古城的幻想，也在读者心中刻下了平凡、勇敢、正义、信仰和忠贞的主题词。作为一部历经时间考验的经典儿童文学著作，《吹号手的诺言》将一个扣人心弦的故事娓娓道来，让我们通过小约瑟的眼睛，见识到了塔尔努夫大水晶球这个神奇的宝物，最后怎样走向了富有戏剧性的结局，并由此真切地领悟到：忠心可贵，誓约无价。

埃里克以饱含热情的笔触，于1928年写成了这部《吹号手的诺言》，并因此于1929年斩获纽伯瑞儿童文学金奖。他在获奖感言中深情地提到："我第一次去克拉科夫，是在波兰从废墟中崛起的第二天，那是一个伟大的日子。我的头顶突然传来大钟浑厚的钟声，紧跟着是急促的警钟，然后是小钟的钟声，受到惊吓的广场鸽扑啦啦飞起来，如同雪花一样冲向天空。当钟声停止，一切声音都停止了，只剩下鸽子在空中翱翔发出的声音。然后，便传来了这小号声，就是这首《海那圣歌》……"

埃里克将这种内心的震颤写进了书里，那就是在吹号手的心中驻留、那号声般嘹亮的誓约，它跨越了种族和国界，成为不同时期人们公认的道德标准。优秀的儿童文学作品一定会带给少年儿童巨大的心灵启迪，同时还履行着更为重要的使命——塑造人格。从某种意义上说，《吹号手的诺言》向成长中的孩子们，宣扬了乐观向上和积极进取的主旋律与正能量。

在故事的发生地波兰，《吹号手的诺言》更赢得了空前的赞誉。克拉科夫的市议会特意将仍在圣母玛利亚教堂高塔使用的一把银号，借给了作者和出版机构，使得承载着誓约的小号，开始在学校和图书馆展览，并重新奏响古老的《海那圣歌》……如今这只小号被夹在了书中，流传到中国，它一定会在所有小读者的心里，吹响嘹亮的号声，激起崇高的信仰！

吹号手的诺言！

The Trumpeter of Krakow

Contents
目录

海乌姆
扎伦
维尔诺
弓克塞塔王
葵斯坦霄瓦
卢布林
克拉科夫
利沃夫
基辅

吹号手的古老誓言

"我发誓，
我谨以波兰子民、波兰人民国王
之仆的荣耀为名，
忠于职守，至死不渝。
我必将于危难时，
登上尊圣母名讳教堂之高塔，
每小时吹响一次
纪念圣母的《海那圣歌》。"

引子 第一个吹号手

　　那是 1241 年的春天，流言顺着基辅的大路席卷了俄罗斯大地，他们说东方的鞑靼大军又来了。听见流言的男人们害怕得发抖，妈妈们则把孩子紧紧抱在怀里，因为"鞑靼"

这个名字让人闻风丧胆。几个星期以后，流言越传越厉害，传到了波兰，我们的土地之上，有消息说乌克兰的领土已经是一片火海。后来听说基辅沦陷，随后"雄狮之城"利沃夫也沦陷了，现在那支野蛮军队前方，除了几处宁静的村庄和肥沃的田地，便是东欧最美丽的城市——克拉科夫。

鞑靼人像一群野兽，到处横冲直撞。他们所到之处，赶尽杀绝，寸草不留。他们身材矮小，肤色黝黑，留着邋遢的大胡子，长长的头发编成小辫子，骑着小马，马背上满载着战利品。他们勇猛如雄狮，胆壮似巨犬，可却是一副铁石心肠，毫不慈悲，不知怜悯，更别说什么叫温柔，什么又叫信仰上帝了。他们跨着战马，手持裹着皮革的铁盾，马鞍上挂着长矛。这些人身穿兽皮，有的还戴着金耳环——时不时还能看见一两个穿了金灿灿的鼻环的人。大军驰骋起来，马蹄奔腾，扬起高高的尘土，滚雷一般的蹄声隔着老远就能听见。鞑靼大军的人多得数不清，从头到尾经过一个地方要花上几天时间。军队后方，是绵延几英里的推车隆隆作响，负责运送战俘、粮草和战利品——通常都是金子。

在大军前面，总是有长长一队绝望的人，他们听到风声吓破了胆，匆匆逃离了家园。他们和自己的破屋道别的时候，简直痛不欲生。在战乱时期，受苦最多的总是无辜者。那些穷苦人、无助的农民推着小车，赶着自己的马、鹅和羊，一路风尘仆仆，艰难地跋涉着，以逃避那一旦掉队就要遭受的厄运。队伍里有虚弱的老人，打扫房子都没有精神，有还在喂奶的母亲，有病重的妇女，还有因为失去勤勤恳恳劳作一辈子才积攒下的微薄产业而心碎的男人。孩子们则拖着疲惫的身躯跟在后面，怀里往往抱着宝贝宠物。

克拉科夫一边向这些难民敞开大门，一边准备防御。与此同时，城里许多有头有脸、富得流油的人都逃出了城，他们或是向西面逃去，或是逃往北面远方的修道院寻求庇护。在城外不远处的一个修道院里，修士们把所有的空间都用来接收难民，随后便着手为应对围攻做准备。那一大队身心俱疲、闻风丧胆的难民，一进入克拉科夫城便觉得心满意足了。他们进城后做的第一件事，便是面朝南方感恩、祈祷。因为，城南有一条河，叫做维斯瓦河；河边有一座山，叫瓦维尔山；山上耸立着一座宏伟非凡、固若金汤的城堡，叫做瓦维尔城堡。它就是波兰传说中的克拉库斯王以来历朝历代的王城，也是波兰王朝王公大臣们居住的地方。

克拉科夫并没有派兵在王城外把守，因为那会造成巨大的牺牲。接连几天，留在城中的居民及全国逃难来的难民涌进城堡，差点把整个王城挤爆。圣安德鲁教堂对面，海威堡上的老城门终于上了木栅栏，封锁起来。城墙上站满了自卫兵，他们已经准备好随时为保护这座城市、保护自己的家人献出生命。

夜晚，鞑靼大军对城市发动进攻。一路上，他们烧了城市外围的村庄，抢了好几个教区。漫漫长夜，可怕的声音接连不断地响起——有熊熊怒火的噼啪声，有敌人发现猎物逃跑时的嘶吼声和谩骂声，有找到金银财宝时高兴的欢呼声。天亮的时候，瓦维尔城堡的哨兵远远望去，发现城里已是一片火海，只有三座教堂幸免于难：一座是靠近中央集市广场的圣母玛利亚教堂，一座是有高大塔尖的圣安德鲁教堂，还有一座是市场内的阿达尔贝特教堂。至于犹太人所住的黑村，以及那些没能躲进城堡里的难民和市民，谁都没有逃过这场劫难。废墟中，只有一个人——准确地说，是一个年轻人——活了下来。

他就是圣母玛利亚教堂的吹号手。他曾经发过一个庄重的誓言，要在教堂正面高高的小阳台上，每隔一小时吹响一次小号，不分昼夜。清晨，当第一抹金色的阳光照耀在维斯瓦河上，把它从一条黑影变成一道金光点点、活泼欢畅的河流时，年轻人就登上阳台，吹响《海那圣歌》。这首曲子是歌颂圣母玛利亚的，教堂里的每一任吹号手都发过这个誓言，每隔一小时便吹奏一次，不分日夜，至死不渝。年轻人沐浴在晨曦中，感到一阵莫名的欢喜。前夜太过压抑，除了夜的深沉，还因为那些肆无忌惮的野蛮人对这座城市的践踏。

在他脚下，一群群凶恶的矮个子鞑靼兵围着高塔，好奇地抬起头看他。四周的屋顶冒着火，蹿出滚滚黑烟。成百上千的民房被战火烧成焦土，夷为平地。他独自一人处于敌人的包围圈里。前一天，他本可以和镇上的人一起逃进城堡。可他为了信守自己的誓言，留在了岗位上，坚持到这最后一刻。现在再想撤，肯定是没有希望了。

这个孩子的年纪真的很轻，也许是十九岁，或是二十。他身穿一件深色的粗布衣，前襟系扣，一直拖到膝盖，很像是十八世纪末流行的连身灯笼裤。深色的厚袜子从膝盖处一直延伸到柔软的、鞋头尖尖的便鞋里，及腰的短外套用皮带在身前束紧。他的帽子是皮子做的，很像僧侣的兜帽；帽子的下摆垂到肩膀，上面裹住头，只露出他的脸和一点点头发。

至少妈妈和妹妹是平安的，他想。十天前，她们就出发了，现在应该和摩拉维亚的亲戚在一起了。

他忽然觉得生命是那么的美好。维斯瓦河上空的太阳，在瓦维尔城堡的大教堂窗户上洒下金光，神父已经在做弥撒了。城门上，卫兵们全副武装，盔甲在阳光下金闪闪的。城门的正上方悬挂着一面描绘精致的白鹰旗，迎风招展。

波兰万岁，他想。

他又想到，自己还这么年轻，他也很想像一名光荣的波兰士兵那样，为了祖国和人民，与凶残野蛮的入侵者战斗。在此之前，他还从来没有见过那么惨烈的死亡景象，只是曾经听别人含糊地提起过。现在，他可能也要去见死神了，因为他发过的那个古老誓言，因为他爱这座教堂，他爱波兰！

"我必须信守誓言，"他喃喃地说，"就算死，我也要为此而死。誓言同我的生命一样重要。"

如果有画家要画下他这一刻的表情，那就只能画出一种了不起的平静，近乎神的平静。没有软弱，没有害怕，没有犹豫，甚至没有痛苦，因为他已经不再想履行职责以后，自己会有什么样的结局。沙漏里的沙子催促着他，吹响小号的时刻到了。

"现在，为波兰，为圣母，我要再次吹响《海那圣歌》。"

他举起小号，凑到了唇边。

一开始，号声很轻柔。紧接着，振奋于一种胜利之感，他感到心中升起一股近乎狂喜的欢愉。他的眼前浮现出了一幕场景，尽管为了坚守在某些人眼中愚蠢又无用的道义，他很可能会孤独地死去，可是这种勇敢的精神一定会在人民中间传播开来，代代相承，成为他们的精神支柱、勇气和永久的力量——这便是这一刻的意义所在。

下面的一名鞑靼士兵前腿蹬、后腿屈，弯弓搭箭，用力将箭射了出去。弓弦嗡鸣，箭影如同迅猛的雄鹰，直奔目标。它无情地穿透了这个年轻号手的胸膛，甚至让他来不及把整首歌吹完——就差最后几个音符了。那支箭在他的胸前颤了两颤，号声戛然而止。年轻的吹号手死死地攥着小号，后退着跌到墙边，吹响了最后一个光荣的音符。这个强劲的音符颤抖着，渐渐地弱了下去，结束得就像年轻人吹响它时一样突兀。与此同时，教堂下的鞑靼人手持火把，点燃了这座木质教堂。教堂带着年轻吹号手的灵魂，随升腾的火蛇一起飞上了天空。

1. 不肯卖南瓜的人

　　时间到了 1461 年七月末的一天早上，红彤彤的太阳高高地挂起，好像预示着夏季最热的一天的到来。它的光芒照耀着古老的克拉科夫。长长的一队农夫运货用的四轮马车走在进城路上，一路颠簸。这些马车大多数只上了一匹马，车辕用粗糙的圆木制成；车轮是几块裁成圆形、合钉在一起的硬木板，边缘用火燎过，这样它才会变得结实耐用。至于车身，就是简单地拼了几块板子作为车底，两边和车尾就是用柳条或芦苇编的。从外表上看，马车整个儿就像一个安了轮子的大藤筐。沿路都是沟沟坎坎的，有时候要穿过庄稼地，甚至是小溪，马车就像一只小船在狂风肆虐的海面上飘摇。

大多数时候，赶车人都是跟在车旁边走。他们不时在马背上方挥动长鞭，给马儿们一点激励。车上坐的，一般都是有耐心的妇女和小孩。

马车上载的货物应有尽有——蔬菜、鲜花、鸡鸭鹅猪、黄油和牛奶。这边的车夫运送的是一车兽皮；那边的车夫，车上除了黑土什么都没有，可是全城的花园都要指望他呢；还有一辆运送家禽的马车，车夫的脖子上挂了好几串干蘑，像戴着项链一样。在他们身后的远处，是连绵起伏的喀尔巴阡山脉，初升的阳光给缭绕的薄雾镀上了一层金。远处的维斯瓦河像一只银色的手镯，环绕着瓦维尔山。空气中弥漫着清晨的湿草、新翻的泥土和农作物散发出的芬芳。

集市日开始了。有些马车彻夜不停地沿着小道一路狂奔，

总算踏上主干道。这条主路将克拉科夫和附近的几个城市串联在一起。有些住在省边境的人，甚至已经走了两天两夜。来自大地方的男男女女衣着光鲜，也有光着脚、裹着长大衣、头戴圆草帽的农夫，还有穿着粗布衣服的农妇，身上披着鲜艳的披肩或头巾。还有从犹太村出来的十二个黑衣黑帽的犹太人，耳朵前露出典型的黑色卷发。

还有乡绅们的侍从，他们的皮衣可比四周农夫褴褛的衣衫高档多了。除此以外，集市上还能见到带着小孩的妇女，跟着马车来赶集的、步履沉重的老人。在过去的三四十年里，他们就是这么过来的。

商队里的每个人都随身带着武器，有的是在腰间挎了一把短刀，有的是在手里握一根六尺棍，还有的在车底藏了一把大板斧。因为据说集市里小偷众多，甚至有传言说有些破产的乡绅无法翻身，也在打这些赶集车队的主意。一般说来，回程的路上小偷最为猖獗，因为那时每个村民和农民身上都鼓鼓地揣着当天在集市上赚来的钱。

在这么多满载货物的马车中，有一辆显得很奇怪，在这种赶集的日子里车上竟然什么都没有。这辆车用了两匹马来拉，而不是常见的一匹马，车辕也比周围其他的马车要结实，车上的人穿得比普通的农夫讲究，不像是每天面朝黄土背朝天的庄稼人。赶车的男人约莫四十五岁，他的妻子比他小个十来岁，他们的儿子坐在车后面，悬着的腿在泥土路上晃悠。

男人照着前方拉车的马抽了一鞭子，转头对坐在身边的妻子说："老婆，你看，那座高塔就是克拉科夫城外瓦维尔山的瞭望塔。我们要是能有鹳的翅膀，晚上八点就可以赶到那儿。瞧，再远处那两座高塔，都属于圣母玛利亚教堂。能看见它们，我真高兴，这三个星期的颠簸总算没有白挨。"

女人摘掉灰兜帽，满脸渴望地看着前面。"啊，那儿就是克拉科夫，"她说，"我妈妈的家乡。她经常跟我讲这座城市的光荣历史，我还从来没想过有一天能亲眼看见它。真希望是在另外一个情景下见到它，没这么心痛。可是人的命天注定，不管怎么说，我们可算到了。"

"是啊。"男人说。

他们继续赶路，很长一段时间谁都没有说话。男人回想着之前在克拉科夫的经历，女人则沉浸在失去先前乌克兰那个家的悲伤里。小男孩任由自己的想象力驰骋，憧憬着在这座伟大的城里的所见所闻。

他们的思绪突然被身后车队中的一阵骚动打断。那些车夫赶着马，纷纷躲到路边，给本来就很窄的道路中间留

出一条过人的通道。男人转过头，想看看挤过这么长车队的人是何方神圣。过了一会儿，他看见一个骑手骑着一匹小矮马冲了过来。

"闪开，闪开！"骑手喊道，"你们还真把这路当自己家的了？你们就该老老实实地待在你们农场里别出来。"他生气地训斥一个农民车夫，因为农夫的马突然从路边跃到了路中间。"别挡道！这种四处乱跳的东西你就不该把它带到路上。"

"它要是不跳，我就掉沟里了。"农夫忍气吞声地说。

骑手目光犀利地看了看男人马车上的东西，除了要卖给砖窑的稻草之外别无他物，于是就往前冲去，直到与男人、女人和小男孩一家三口的马车齐头并进。

小男孩一直好奇地看着骑手。男孩叫约瑟·恰尔涅茨基，今年十五岁。无论怎么看，他的相貌都谈不上好看，当然也算不得难看：黑头发黑眼睛，圆圆的脸蛋十分讨喜；衣着也不俗，只不过一路走来沾满了尘土。他身上的衣服既不是有钱人爱穿的长皮袍，也不是农夫寒酸的粗布衣，而是质量上乘的土布；套在最外面的系扣厚外衣，同样也是用土布做的，下摆像裙子似的快到膝盖了；脚上穿了一双棕皮靴，靴筒软塌塌的，长得快要和外衣的下摆齐平；头上还扣着一顶小圆帽。

　　骑手一对上约瑟的目光，立刻哇啦哇啦地喊起来："小孩儿，小孩儿，叫你老爸停下。你下车来牵住我的马。"约瑟很听话，他从车上跳下来，但当他抓住骑手那匹马的缰绳的瞬间，他就明白了，这个陌生人并非善辈。那个时候，整个世界还未摆脱黑暗和残酷，强盗肆虐，朋友之间彼此眼红，互相陷害，出身高贵、有教养的人则对穷人百般巧取豪夺。就连穷人中也不乏为了金子而铤而走险的人。要想生存下去，防人之心不可无。

　　所以，约瑟在抓过缰绳的那一刻，已经有了自己的结论。也许是因为陌生人的某个表情，或者是语气和行为举止，总之，他一定要小心这个人。骑手穿着仆人的厚布制服。外套很短，却掩盖住了藏在里面的轻薄甲衣。他没穿灯笼裤，而是一件和上身的紧身衣相连的连身皮裤。他戴了一顶圆帽，帽子上垂下来的一件珠宝紧贴着后脖子，很可能是玻璃的。

　　他长的那副尊容，出卖了他的灵魂。那是一张阴险邪恶的鸭蛋脸——一双眯眯小眼透着贪婪，两条一字眉连在一起，在鼻子上方架起一座桥，活像一只猴子。他一边脸颊上有一块纽扣大小的圆疤，这种得过瘟疫才会留下的疤

痕，在伏尔加河以东很常见。长有这种疤痕的，通常是鞑靼人、哥萨克人或蒙古人。他的耳朵位置靠下，长得很丑；嘴巴很大，像是万圣节前夜孩子们在南瓜上刻出来的那种；嘴巴上面还有两撇小胡子，末端向下和稀疏的络腮胡子连到了一起。那人腰间别着一把弯弯的短剑，外套里还露出一截镶满珠宝的刀柄，那是东方特有的一种匕首。

见约瑟刚接过了缰绳，骑手就跳下马，一步就跳上了马车。约瑟的爸爸迅速地从座位下面抽出一把十字柄短剑。

"别过来！"他见骑手好像要伸手和自己握手似的，忙喊道，"我不认识你，但是作为上帝的子民，我倒要看看你有何居心。"

骑手停住脚步，微笑地看向那尚未出鞘的剑，笑容里突然多了一丝敬意。他脱帽深施一礼说："您大概就是安德鲁·恰尔涅茨基喽？"

"你倒是不见外。"男人回答说，"第一次见面，你应该称我为安德鲁·恰尔涅茨基阁下。"

骑手又鞠了一躬。"我这是拿您当自己人呀。小弟史蒂芬·奥斯特洛夫斯基，海乌姆省人，现今在基辅为国家效力。众所周知，有一个莫斯科人和我们的立陶宛省颇有渊源，我受命，不过我不方便透露受谁的命，前来——"他突然打住话头，好像故意要让大家都知道此事关系重大，不能在公开场合谈论，"我这一路上都听别人提起，说是从北方流窜过来一群鞑靼人，到处烧杀抢掠。刚巧，遭受他们蹂躏、被他们毁掉的诸多田产房舍中，有一处的主人也叫安德鲁·恰尔涅茨基——不不不，您看我这记性——应该是安德鲁·恰尔涅茨基阁下。我们接到报告，说他已经带着妻儿前往克拉科夫投奔亲友。这个消息如若属实，而我又沿着同一方向而来，我已经打听出安德鲁阁下和他的家人的长相。这不，今天一早，我看见这辆和传言中分毫不差、由双马而非单马拉着的乌克兰马车，马车上坐着的一家三口，也和那些人描述的一模一样，就确定无疑了，于是便不请自来地过来问候。"

恰尔涅茨基阁下仔仔细细地打量了一下面前这个陌生人的容貌、衣着和身材。"你的话只说了一半吧？还有一半没说呢。"他说。

"是的。"骑手回答说，"但是剩下的话，我们可以等进了克拉科夫城，关上门慢慢聊。我听说——"他别有深意地拖长了尾音，伸出双手在空中比画了一个圆圈。

恰先生半垂着眼睛看他，以便能聚精会神，排除外界的干扰。不过，他也只是外表冷静而已，内心并没有这么

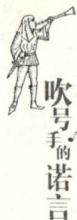

镇定。事实上，看到这个陌生人的手势，他的心就狂跳不止。他知道，这个人刚才说的几乎没有一句实话——他肯定不姓奥斯特洛夫斯基，虽然在海乌姆确实有很多人都姓这个姓，可是波兰人绝不可能长成他这副模样，更别提他最后两句话里还暗含着威胁。恰先生也很清楚，这次碰面绝不是偶然。他们离开边境已经超过十四天了，而这个人，应该是一路跟着他们过来的，极有可能是某个大人物派来的，想赶在进城之前截住他们。

"不管你听说了什么，都不关我的事。"恰先生简短地回答，"现在，前面的马车已经甩下我很远了，你可以好心地回到自己的马上去了吗？我跟你没什么话好说，反正对你我也没什么兴趣。"

恰先生说得很实在，前面的马车确实早就走远了，而被他们堵在后面的车夫正在愤怒地大吼大叫。

"正相反，"骑手回答，"你有我最感兴趣的东西。在把你带进城去某个安全的地方之前，我是不会离开你的。喂，小孩儿，"他朝约瑟喊道，"牵着我的马跟在马车后面，因为后半段路我要陪你们一起走。"

恰先生气得脸都红了。"你也太放肆了，"他火冒三丈地喊，"有话快说，痛快点。"

骑手看了看马车，目光定在马车的前座上，在那里的脚踏板上，放着一个黄灿灿的大南瓜。"哈，"他说，"现在这个时候还有南瓜！原来草原上的人都是冬天种南瓜的。这南瓜怎么卖？"

"不卖。"恰先生说。

"不卖？"

"你耳朵聋了？"

"要是我用和这南瓜一样重的金子来换呢？"

"不换。"

"当真？"

"当真。"

"那——"骑手飞快地抽出佩剑，"就别怪我不客气了！"他说着向恰先生逼近。

恰先生立刻抬手招架。只见人影一闪，他就从座位上冲了过去，敏捷地避开骑手的剑锋，用空着的手死死攥住了骑士的右手腕。"咣啷"一声，骑手的剑掉在了地上。但是，恰先生仍然没有松开骑手的手。他接着伸出左手抓起骑手的小腿，双脚用力一蹬，两臂猛地一挺，将骑手举得高高的，从马车上扔了下去。骑手跌到了路边的泥地里，恼羞成怒，骂骂咧咧地喊着各种恶毒的脏话。与此同时，约瑟也瞅准

时机，调转马头，照着骑手那匹马的右屁股用力一拍。马的前蹄腾空，嘶鸣一声，向着马车来时的方向跑开了。约瑟立刻跳上马车，喊着爸爸，他爸爸重新回到座位上，挥起长长的鞭子往马头抽去。受惊的马立刻撒开蹄子拉着马车往前冲去。只留下骑手站在道路中央，左看看，右看看，不知道是该去追自己的马，还是该去追对手。恰先生转过身，捡起骑手掉在马车上的剑，用力往路边扔去。

过不多久，约瑟一家走到了卡兹米尔城——一座一百多年前由卡兹米尔王修建的犹太城池。穿过这座城，他们来到了维斯瓦河上的桥前。过了这座桥，就到克拉科夫城了。可是，这座桥正在维修，他们只得转道往北，从那边的桥过河，来到了城楼前，接受守城士兵的盘查。

2. 克拉科夫

"鄙姓恰尔涅茨基，基督徒，这是我老婆，我儿子。"恰先生对身穿轻便铠甲、手拿长戟的守城士兵说道。

一个守城士兵扫了他们一眼，点点头，示意他们可以

进城。另一个穿黑衣的士兵往马车里瞄了瞄，想看看他们都带了些什么，结果发现马车里空空的。他以为这是进城采购的农民，就象征性地要了几枚铸铁币作为抽税。恰先生付了钱，便赶着车，顺着城门后的马路往纺织会馆走去。那儿和今天一样，位于克拉科夫的市中心。

克拉科夫充满了金色的阳光。约瑟还是头一次到这样的大城市里来，他惊奇地张着嘴，左瞧瞧，右看看。

他们前后都是从乡下进城的马车，车队排成长龙，满载着要贩卖的农产品。威风凛凛的骑兵不时从车队中穿过，他们身穿明晃晃的精铁护甲，长长的佩剑挂在马鞍上。在这些拨开人群、策马向前的骑兵中，有一位尤其气度不凡。约瑟想，这个人的地位一定很高，该不会就是我们的国王吧？那位热爱和平、人称卡兹米尔四世的国王——卡兹米尔·雅盖沃？他忍不住惊叫起来。

"爸爸，爸爸，那个人就是国王陛下吧？你看他那闪亮的铠甲，还有马鞍上的宝石。他那把剑像火焰一样耀眼，一定是用金子做的。你快看，"他兴奋地指着，"他的鞍垫上还用银线绣着波兰老鹰呢，后面还绣了立陶宛的白衣骑士。他就是我们的国王，对不对？"

"不，儿子，不对。他不过是在皇家城堡里效命的一名普通卫兵。"

熠熠阳光之下，宫殿、教堂、高塔、城墙和哥特式的建筑耸立在他们四周。这些建筑外表大多还没有各式各样的雕刻装饰，要过些年意大利文艺复兴的影响才会波及于此。远处的瓦维尔山上，大教堂直插云天，罗马风格的尖塔高高在上，俯瞰着克拉科夫。近在手边的两座高塔属于圣母玛利亚教堂，它们并非现在呈现的样子，还没有钟楼和塔顶，那是由一位建筑大师兼雕刻名家维特·斯伍兹后来改建时加上的。教堂后面是一片墓园，里面布满白色的石碑。

在集市广场的正中，是被矮小的木造建筑簇拥的纺织会馆。这里专门做布匹交易，各地的布商为了赶在一大早开市的时候能讲个好价钱，连夜（有可能是连着好几夜）赶来的，生怕买主们捂不住荷包，把银子花到别的地方去。

纺织会馆外的广场上，是一队远东鞑靼人的帐篷，他们贩卖上好的宝剑、布匹和珠宝，都是从莫斯科人、保加利亚人、希腊人或其他草原上的旅人手里抢来的。此刻他们正面朝东方，向着爬上瓦维尔山的太阳，开始早晨的祈祷。他们的吟诵声和圣母玛利亚教堂的钟声混合在一起，还夹杂着来自黑海对岸的亚美尼亚商人的叫卖声。亚美尼亚人

带来的是地毯、香料和上等的皮毡。

此时此刻，在这个伟大的融会东西方的世界贸易中心里，世人所知的每一位神灵都以各种名义、多种语言和方言受到崇拜。在这里，有土耳其人、哥萨克人、罗沙尼亚人、日耳曼人、佛兰芒人、捷克人，还有斯洛伐克人，他们带着各自的土特产，匈牙利人还带来了特兰西瓦尼亚平原的美酒。

集市上流通的货币，有波兰的兹罗提、荷兰盾、奥地利的格罗申，还有银条，甚至宝石，还有大量类似的"代币"，也就是某些种类的商品，比如琥珀、成包的椰枣或是成捆的蔬菜，每一样在汉萨同盟的所有商路上都有公认的价值。因为同盟的商人也在此做生意——那些穿着带裘皮毛领长袍的德国或荷兰富商——用人类所知的每一种语言做生意。

约瑟为四周这难得一见的景象目眩神弛之时，突然听到头顶传来美妙的号声。他抬头往上看去，只见圣母玛利亚教堂一座高塔的窗中，伸出一支金色小号的喇叭口。他仰视这威严高耸的教堂，听着动听的号声，一种肃穆的感觉莫明地油然而生。

他这时才发现，面朝大街的两座高塔并不一样，近处的这座似乎要比远处的敦实些，但是远处的那座更高一些。

吹号手就在远处的那座高塔上。

吹号手吹奏的是一首简短的早安曲，名为《海那圣歌》。据说，这首曲子是基督教兴起时，由传教士从南方传入波兰的。曲调很简单，甜蜜而富有感染力，可是在某处吹号手的号声却戛然而止，给人一种意犹未尽的感觉，就像是突然有人把小号从吹号人手中夺走了一样。

约瑟惊讶地问爸爸："他怎么不吹完呢？"

他爸爸微笑着说："儿子，这说起来话就长了，等有空我再细细地讲给你听。"

号声再次响起，这次是从另一个窗口传来的，接着是第三个，最后转到北面，面朝北城门。这四次，吹号手吹响的都是《海那圣歌》，每次都以一个很突然的休止符结束。

"他吹得真不怎么样。"恰先生说。

现在，我们要说一说，恰先生虽然是一名乡绅，却十分多才多艺。他从克拉科夫大学毕业以后，选择不以任何一项所学技能谋生，而是回家继承父业，管理田产，这是他的家族传统。但他对音乐的热爱不减，这也是他在大学主修的科目，各种铜管乐器都难不倒他，比如直管小号、圆管小号，还有带按键的小号。所以，他在批评高塔上的吹号手吹得不好时，并不是随口瞎说的。

此刻马车离纺织会馆越来越近，约瑟没有再缠着爸爸问《海那圣歌》的事，因为他已经被眼前各种奇怪的景象转移了注意力。

前面站着一群身穿艳丽长袍的商人。他们一定很有钱，因为身上的长衣都是上好料子做的，有的有皮毛衬里，并缀着丝绸。长衣下面露出来紧身的衣服。约瑟看见其中一个人穿的裤子，左腿的颜色居然和右腿的不一样，便忍不住笑了出来。可是当他又发现许多同样穿着打扮的人时，又把笑声咽了回去，变得好奇起来。他的好奇心越来越重，又发现了更加奇特的装扮。比如那些和紧身衣一样令人印象深刻的帽子和缠头巾。大家都戴缠头巾，有的前面包出一个尖，其他的就是用各种色彩活泼的布绕着头，七缠八绕高高地堆在一起。缠好之后插上各种奇怪的装饰，有个人甚至插了一只假公鸡，鸡腿和鸡冠都一样不少，高高地站立在他的高帽上。他们脚上穿的鞋也很奇怪，大部分是软皮的长筒靴，靴头还翘起来一个长尖。有一个人甚至在鞋尖上加了枝条，让他的鞋子看起来至少有两只脚那么长。

纺织会馆四周的地摊上，摆着各式各样的器皿，摊主们卖力地吆喝着。还有一个卖五谷杂粮的，麻袋包全都敞着口，露出颜色各异的谷物。一位云游的音乐家，正在从一位身穿蓝衣、头包蓝巾、披着披肩的女摊主手里买一些玉米。音乐家的打扮很奇特，身上穿的是用整块布料裁剪出来的、带兜帽的黄色长袍，袍子一直垂到膝盖，中间用明黄色的带子横腰一拦。袍子下面光腿光脚。他一只胳膊底下夹着一支风笛，风笛上支出三根管子，两根用来奏乐（如果那也配称为音乐的话），剩下一根用来吹；另一只手提着一个皮囊，女摊主正在往里面倒玉米。

恰先生一家沿着地摊往前走，路过了手套铺，里面买卖手套和做手套的都是女人，全都穿着颜色艳丽的衣服；路过了制针铺，穿着皮围裙的人正坐在长椅上；路过铸剑铺，锻炉干干净净，明晃晃的剑刃排成了排；路过木桶铺，工匠们正将一块块木板拼成水桶；他们还路过了铁匠铺，铁匠们系着黑色的长围裙，将马牵到合适的地方，给它们一一钉上马掌。标示理发店和郎中馆的红牌子到处都是，代表药房的蓝绿色大烧瓶也随处可见。正统的天主教徒将从琴斯托霍瓦圣殿请来的圣母肖像或者徽章挂在店里的墙上。几乎每户商家的店铺门上，都悬挂了别出心裁的图形，当做自己家的招牌。比如有一家帽子铺有个"白象之下"的符号；还有一家鞋铺挂的是卡兹米尔一世的石雕头像，用来满足自己和主顾对先代国王的崇敬之情。那个

年代还没有发明门牌号码，大家只能凭借挂在门上或摆在门口的招牌，来记住不同的商铺。

四周吆喝声不绝于耳，有喊的，有唱的，都在招揽生意；有小伙子，有大姑娘，有老师傅，有小徒弟；有卖花儿的，有磨刀的，有卖面包的，有卖肉的。

"瞧一瞧咧，看一看。"各式吆喝声此起彼伏，"您看点什么？您想买什么？"

不经意瞥见的卖猴的摊位令约瑟惊喜不已。这些猴子是被那些从东方或者南方来的商贩带来的。有一只猴子在摊位周围玩耍，另外一只身上系了缎带，正被一位商人的妻子还是市长夫人抱在怀里。

熙熙攘攘的集市中，偶尔也会响起哗啦哗啦的铁链声。犯人或是戴着铁枷锁，或是戴着手铐脚镣，甚至是更严酷的刑具，排成一排，走进教堂去做最后的祷告。不久就会有人来对他们宣判。在那个时代，人命如草芥，人们可能会因为犯了一点点小错，就被判砍头，或是流放，或是关进大牢。

接下来，约瑟一家的马车又从一队去朝圣的信徒旁边驶过，十里八村的男男女女都穿着自己最好的衣服，在教区神父的带领下，唱着赞美诗朝圣地进发。背着十字架的是一个肩宽背厚、目光清澈的年轻人。他也一定是个大力士，因为他发誓要背着基督像，从村里一直走到圣地琴斯托霍瓦，这可是一段十分遥远的路程。这支朝圣的队伍已经走了十天了。队伍里也有小孩子，有几个表情严肃在想正经事，不过多数都转着头到处乱瞅，这是他们第一次出来饱览中世纪克拉科夫城的宏伟和壮观，无疑会去乞求上帝饶恕他们人在朝圣路上，心思却过于关注尘世。

马车走出集市，拐进城堡大街，然后直奔瓦维尔山而去。快到瓦维尔山的时候，恰先生赶着马儿往右走，穿过城门，来到了一条长满草的羊肠小路。路的前方是一座布局凌乱的大宅。他将马车停在路边，跳下车，走到了大宅入口处的两扇铁门前。一名全副武装的卫兵，不客气地用手中的矛拦住了他的去路。

"你有事吗？"卫兵厉声问道。

"我要见安德鲁·提辛斯基阁下。"

卫兵大喊一声，从门边的小房子里又跑出五名身穿铠甲的卫兵来。

"围住他。"卫兵一声令下。被围在正中的恰先生有些摸不着头脑。"派个人去里面通知队长，"卫兵下了第二道命令，"就说有个乡下人要见安德鲁·提辛斯基阁下。"

恰先生想要冲出包围圈，可立刻被其中一个卫兵用力推了回来。他气得提高嗓门，吼道：

"你们是什么东西，居然敢拦我？本人安德鲁·恰尔涅茨基，是提辛斯基的大表哥，在乌克兰好歹也是一庄之主。我命令你，去找个说话算数的人来见我，不要拿我当敌人一样对待。"

卫兵们面面相觑，心想：难道这个人还不知道？可是那件事已经传遍波兰的大街小巷了啊！

不一会儿，卫兵队长和去通报的卫兵一齐走了出来。他推开围在四周的卫兵，来到了恰先生面前。

"您来这里有何贵干？"他说话明显客气了许多，让恰先生之前的怒气消了一半。

"你说话就中听多了，年轻人。"恰先生答道，"你是这里的负责人吧？"

"正是。"

"那么我来告诉你——我刚才对你的属下也是这么说的——本人安德鲁·恰尔涅茨基，大老远从乌克兰来找我的表弟安德鲁·提辛斯基，而且是有要紧事找他！"

"您来得太迟了。"卫兵队长回答道，"真奇怪您居然还没有听说，因为这件事已经传遍全国了：提辛斯基阁下已经不在人世了。他的家人也离开这里有一段日子了，什么时候回来我也不知道。我奉命守在这里，是为了保护他家的财产不让敌人抢走。"

恰先生大吃一惊："我表弟死了……怎么死的？"

"这是近几年从未遇见过的惨事。一直以来，贵族和工匠的关系就很紧张。这件事的起因是，提辛斯基阁下不满工匠替他打造的某件盔甲，于是责令工匠重做，他还拒绝付钱。于是，整个同业公会的人就都起来反抗。他们追杀他，追了好几条街，最后他躲进了方济会的教堂，但还是没能躲过这一劫。这真是一件令人悲伤的事。他的家人因为害怕暴徒，逃离了这个城市。慈悲的伊丽莎白女王——愿上天保佑她——痛恨所有导致流血的锁事，她劝我们的国王帮助双方讲和。所以国王才派我们来这里驻守，防止流血事件再次发生。还有很多人都想洗劫这里，将里面留守的奴仆杀死。我们拘留任何想进入的人，不过是在执行任务。所以，希望您能谅解，我们必须避免再发生流血事件。"

恰先生愣了一会儿，好像天塌下来了一样。

"请允许我给您一个建议。"队长又说道。

"我愿洗耳恭听。"恰先生心事重重地说。

"鉴于您跟提辛斯基家的亲戚关系，您最好马上离开克

拉科夫，越快越好。或者，如果您非要留下来不可，那么最好改名换姓，再改一下您的说话方式，以免某个杀手为了其背后势力的利益而盯上您，惹来杀身之祸……我个人是很欢迎您的，愿意待您以礼，我的建议也是为了您的安全着想，希望您尽快离开。"

"可是——我只能留在这里。我在乌克兰的家被一群强盗洗劫一空，付之一炬。我不知道他们究竟是什么人，但很有可能是受了某个大人物指使的。我的田庄也被毁了，我来这里就是为了投奔我的表弟，并带给他一件极为机密之事的信息，而且必须马上面呈国王陛下。"

"唉，"队长答道，"我是爱莫能助。国王此刻正在北部的托伦市，听说那儿的人正计划反抗十字军的征兵令，他必须去维护北方的和平。我不知道他什么时候才能回来，也许是几个月，也许是一年。如果您执意要在这里等他，换了我是您的话，我会更名改姓找个小镇先落下脚。过不了多久，那些屠杀提辛斯基的暴徒便会自食恶果，得到报应的，绞刑台上的乌鸦一定会越聚越多。"

说完，他转身命令卫兵回去继续站岗。

恰先生愣愣地站在原地，心乱如麻。他的亲人，他的保护者，没了！国王也走了！他在这儿居然比乌克兰也好不了多少，也是走投无路。现在他已是四面楚歌。他是造了什么孽，老天才会这样对待他？就算没遇到这种事，他的处境也算糟糕了，要知道，在这座伟大的城市里他可是一个朋友都没有。身上的钱也所剩不多，本来他每年赚到的大部分钱也都投在了乌克兰的庄园上。眼下他的老婆孩子需要地方住，不仅仅是生计困顿，还随时都会有生命危险——他身后的城门口就冒出一个坏人，城里显然还有更多。怎么办？……唉……听天由命吧……车到山前必有路。

他垂头丧气地走回马车上，调转车头，往集市赶去。至少他们还可以在集市上消磨一天，给马找点水喝，买点吃的。他在中央广场上靠近喷泉的地方找了块空地，在儿子的帮助下，给马卸下车辕，放两匹马溜达到集市边缘啃点草，然后又从喷泉里打了几桶水给它们喝。

忙完了这些事，他才走向自己的妻子，去寻求慰藉。她总是能在他不如意的时候给他安慰。他上了马车，一屁股坐在妻子身边，把他刚刚得知的事说给她听：国王不在，亲戚也死了。妻子听了消息，起初也很为眼下的难处而沮丧，但她看到丈夫的脸色之后，便忘记了自己的恐惧。她静静地说："我们就等着看好了，上帝会保佑我们的。"听到这句话，恰先生的心中又充满了勇气。

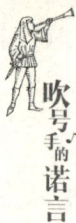

约瑟正处于不知愁滋味的年纪。他那颗激动的心还在为早上看见的城中高塔而狂跳不止，一双发痒的腿早就渴望着跳下马车，四处去探险。他先是找了附近的一栋小型建筑物，做短途探险。一开始他以为那是市场的店铺，走近以后才发现那是一座低拱顶、圆窗户的教堂。作为波兰历史最悠久的教堂之一，这座教堂虽然能够激起众多历史学者的兴趣，却勾不起这个小男孩多少兴致。约瑟反而打量起聚集在教堂门口的乞丐来，其中有一个只剩一条腿的小男孩，有一个驼背的妇人，还有一个瞎眼的老头儿。老头儿口中念念有词，其他人则伸出手向路人乞讨。约瑟在胸前画了个十字，为这些上帝的弃儿祷告，然后他转身沿着城堡大街，往瓦维尔山的方向跑去。

他来到了一个十字巷口，从这里向左走是多明尼克教堂，向右走是万圣教堂。这时，他看见一个鞑靼男孩正在牵着并不停地抽打着一条乌克兰大狼狗。这条狼狗被拴起来了，脖子上戴着很坚固的手工锻造的项圈。它不时地转过身，回头看抽打自己的人，他手中舞动着哥萨克短鞭。约瑟吃惊地看着这个小男孩，不明白他是从哪里牵来的这条狗，又为什么要打它——事实上，这个小男孩就是在使坏。约瑟绞尽脑汁，也没有想明白这两个问题，得出一个满意的答案。又过了几分钟，另一个问题突然如闪电一般蹦了出来，这个问题需要以行动来回答，而这种行动是约瑟能够想出来的——

就在鞑靼男孩拉着狼狗走过教堂小巷的时候，前面走过来一个穿着黑袍的人，貌似神父，但衣袍又不像，因为领口是敞开的。一开始约瑟注意到的并不是他，而是他身边的同伴。他身边跟着一个年纪和约瑟相仿的小女孩，拉着他的手。

看见女孩的那一刻，约瑟眼里不再有那只狼狗了。他的眼睛就跟着女孩而转动了。女孩看上去就像是圣诞节或三王节的节目里的天使，或者更像是从教堂的五彩玻璃上走下来的美人。她的头发是金色的（约瑟的头发是黑色的），皮肤白得像上等亚麻，眼睛蓝得如同维斯瓦河上的天空。她披着一件红色的斗篷式外套，从肩膀一直拖到脚踝，中间用腰带束紧。领口和袖口扞了蕾丝边，还有蓝色花样的刺绣。虽然看不清她的正身，不过偶尔也能窥见她穿在斗篷下面的蓝色罩裙。当她仰起脸的时候，这个乡下小子以为自己见到了世界上最漂亮的少女——她走路的姿势，优雅得就像在云端漫步。过了一会儿，约瑟才想起低头看看自己的手，这双手又脏又糙，积满污垢。他又看了看自己

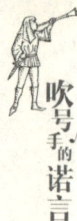

的衣服，这才发现经过长途旅行，它们已经落满了灰尘，有几处还被扯破了。

如果说上一秒钟他见到这个女孩时像上了天堂，那么下一秒，他转瞬间又回到了人间——眼看这个领着小姑娘的黑袍男人越来越靠近那个牵着狗的鞑靼男孩。突然，那条狼狗就像发疯了一样，转头向抽打它的男孩狂吠不止，弓下身子准备扑过去。约瑟大喊一声，几乎在狗跳起来的同时冲了过去。鞑靼男孩吓得立刻扔掉皮鞭，飞快地逃到了狼狗的利齿够不着的地方。可是他逃跑的方向正冲着黑衣人和小姑娘，发狂的狼狗被愤怒冲昏头脑，不辨目标，再一扑就要扑到小姑娘身上了。而此时，约瑟已经冲了过去，紧紧地抓住了狼狗脖子上的项圈。

在乌克兰，他与狗打过很多次交道，知道被人善待的健康狗是没有攻击性的，所以他根本不害怕。不过这条狗或许会把他当成抽打它的那个男孩，狠狠地咬上一口。情急之下，他也顾不得这些了。

他先是用手牢牢地抓住了狼狗的项圈，紧跟着扑上去的身子就像划过天空的焰火尾巴一样，狠狠地撞上了跃起的大狗。狼狗遭受了这次意外的撞击，跌倒在地。女孩尖叫着后退了一步。而约瑟则抱着这条愤怒的狼狗在坚硬的路面上滚来滚去，试图用话语安慰它，但是狼狗却变得越来越害怕。约瑟心里清楚，有了第一下成功抓住项圈的保证，他便能躲开狼狗伸过来的爪子和嘴。他瞅准合适的时机，飞快地松开项圈，爬了起来。而这条脏兮兮的狼狗似乎有点难为情，夹着尾巴，闪电一般掉头向方济会教堂的方向跑去。

3. 炼金术士

一只大手友善地拍了拍约瑟的肩头，接着一个吻轻轻地落在他的脸颊上。

约瑟立刻抬起头，目光扫过自己身上比先前更脏更破的衣服。他发现拍他肩膀的是那个黑衣人，而吻了他脸颊的正是和黑衣人同行的小姑娘。她羞得满脸通红，眼睛闪闪发亮，嘴唇还近在咫尺。约瑟有些晕晕乎乎的，那是缘于刚才和恶犬在地上的一番恶斗，而现在这种友好的轻拍和轻吻又令他骤然感到狂喜与幸福。

他往后退了一步，掸掉身上的土，尽量大大方方地看着黑衣人和小女孩。

但在迎上他们目光的那一刹那，他的双颊还是泛起了蔷薇色。因为黑衣人眼中的感激之情如大海一般汹涌，几乎是热泪盈眶，而小女孩的眼中则露出了直白的爱慕。

"你反应真快，"她赞叹道，"我要是也能像你一样就好了。你真勇敢——"

约瑟的舌头打了结。一个十五岁的男孩，就算人生经验已经很丰富，但在面对这样直言不讳的赞美之辞时，还是不知道该怎么回答。

幸好黑衣人也没有等他回应。"了不起，"他说，"真是太了不起了！我还从未见过像你身手这么敏捷的人。"说完，他眨眨眼，好像眼睛被阳光刺痛了。

"小意思。"约瑟结结巴巴地说，"我在乌克兰的时候，也经常和狗打架。"说完，他又觉得这句话好像在自吹自擂

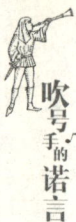

了，于是又补充道："像我这么大的乡下孩子，都这样。"

"乌克兰？"黑衣人饶有兴味地看着他，"那你怎么会跑到离家这么远的地方来？"

"我们家被烧了，不知道是鞑靼人还是哥萨克人干的。我们赶着马车走了两个多星期，今天才到这里，结果发现这里也没有能够依靠的人。本来是有亲戚的，可是一家之主死了，他家里其他人也不在了。"

"你家里人现在在哪儿？"

"在集市。"

"嗯……"黑衣人喃喃自语，"无家可归，在集市……他们要做什么？"

约瑟摇摇头，说："我爸爸大概正在给我们找住的地方，他本来想——"他犹豫着，因为大人叮嘱过他，不要在陌生人面前提起自己的遭遇。可是，那个小姑娘投过来的目光里，充满了友善和甜蜜。

这里面有古怪！黑衣人也在琢磨，心想这个男孩的模样透着那么一股机灵，谈吐也显出家教不俗，再看他刚才见义勇为的贵族风范——我本来以为他一定会被狼狗咬中喉咙呢。

于是，他低头看着约瑟，说："你刚才帮了我们的大忙，还救了我侄女一命。你愿不愿意去我家做客，然后讲讲你的故事？也许作为回报我们可以——"

约瑟涨红了脸，说："不用，我不求回报，我不过做了——"

小女孩打断他说："你误会我叔叔的意思了。他是想说：敝舍虽然寒酸，如蒙你不弃，可愿去我家歇会儿，然后再去找你的家人？"

"请您见谅。"约瑟飞快地说。

黑衣人在一旁哈哈大笑。这两个小鬼的言辞和表情都太严肃了，一点都不像孩子。不过，这么大的孩子，往往一夜之间就会成为大小伙子和大姑娘的。在有的省，女孩到了十四五岁就算长大成人，甚至都可以结婚了；而这个年纪的男孩也早就饱经人世的沧桑，经受过战火残酷的洗礼。

"好吧，我愿意去。"约瑟说着，依照家人教他的礼节，吻了吻黑衣人的袖子。

他们转身向左转，走过方济会教堂，又向右转穿过一条短巷，然后再左转，就来到了当时世上最繁华的街道。

这就是闻名全欧洲的鸽子巷。这里居住的多为学者、天文学家、魔法师、学生，也有医生、教会的兄弟以及精通逻辑、语法、修辞、数学、几何、天文、音乐等七门学科的大师。鸽子巷尽头靠近北边城墙、环境脏乱差的那端，曾经是犹太村，住着从世界各地逃来避难的犹太难民。现

在那里是贫民窟了，犹太人搬去河对面的犹太城——卡兹米尔城之后，留下的房子基本很难再住人。首先，整条巷子都是年久失修的木屋，所用的建筑材料大部分是木头，只有临街的一面墙砌了砖，再抹上水泥或者灰泥。其次，上面几层楼已摇摇欲坠，几块破木板随便钉了两下就是房顶，没有瓦片。屋外陡峭的楼梯从临街的门口或是里面的庭院口一路向上，越过二层，攀爬到三层和四层。最上面两层现在还有人居住，多数是穷人，屋里乱七八糟的。

小偷和杀人犯白天都躲在这些木屋里，地窖、阁楼或其他暗处是无法无天之徒的藏身之所。1407 年的一场大火烧光了鸽子巷和圣安巷，清除了大部分窝点，可惜并没有一次清除干净。

在街南面，朝向众人景仰的克拉科夫大学的一头，住的都是大学里的老师和学生。在现今的雅盖隆大街和鸽子巷交汇处的拐角，是一栋学生公寓，里面住着许多学生。还有的学生或是跟自己的同学，或是跟私人住户，在附近找了地方住下。因为从 1490 年末开始学校才下令，要求所有学生必须住在大学学生公寓里。

被克拉科夫各大学院和师资力量吸引来的，不仅仅是各地的高材生，许多奇人异士也都慕名而来，三教九流，长幼不等，诸如会看星相的占卜师、魔术师和算命先生，江湖郎中和通灵大师，以及那些见不得光的通缉犯。鸽子巷的街头，到处都是他们的身影。

　　地上的房间和底下的厨房，都是这些人做买卖的好地方。自封为星相学家的人，号称能通过星星解读别人的命运以蒙骗轻信者，见到来问姻缘的少女，就许诺她们美满的未来，以博取她们的欢心；见到诚惶诚恐来问财运的商人，他们就将灾难夸大其词，借此让商人们破大财以消大灾。这些人连蒙带骗，连偷带抢，甚至情急之下还杀人越货。这么几年下来，人们对这条街已是谈之色变。许多年以后，当约瑟·恰尔涅茨基成为一位老人的时候，克拉科夫大学的影响力日益增强，逐渐消弭了这些人带来的负面影响。第一个挑战这些巫师术士的人就是尼古拉·哥白尼，是的，就是那位在后世大名鼎鼎的哥白尼。他凭借简陋的工具，在没有望远镜的情况下（当时还没有发明），第一次向世人证明了天体运转自有其规律和法则，只受制于造物主，和地上人们的命运一点关系都没有。

　　这条街上所有的人都穿着长袍，和领着小女孩的黑衣人相仿，但也不是完全一样。神父们所穿的长袍领口竖起，系得一丝不苟，其他人的领口则都是敞开垂下来的，袖子

也像主教的衣服那样又宽又大。长袍的颜色也不尽相同，有蓝的，有红的，还有绿的。约瑟注意到有一个人穿的是貂皮长袍，腰上拴了一根金链子，链子尾端还坠了一副紫水晶做的大十字架。

他们经过了一所半木半石结构的房子，大开的门前聚集了一群身穿简朴黑袍的年轻人。约瑟跟着黑衣人从他们身边走过的时候，听见这些年轻人正争得面红耳赤，黑衣人向男孩和女孩解释说，他们在讨论天体运行。其中一个认为星空已经往西移动了一百年，而另一个人则依据一份来自西班牙古老的阿尔劳斯表格的书面证据坚称，星空运动的方向是永恒不变的。

走过这群人，约瑟三人来到了一栋正面石砌的房屋面前。屋门刻意缩进去了一块，两侧有突出来的矮门柱，好像是为了提醒住户出门之前小心左右——这个提醒非常明智，特别是在晚上。楼上的窗户可以像门一样开关，上面不仅有木质百叶窗，还装了铁栏杆。黑衣人从长袍底下掏出一把大号铜钥匙，插进外门门锁，用力转了两下，然后推开了门。

他们跨过小木板做的门槛，穿过一个黑咕隆咚的过道，走进了一个露天的院子。院子尽头是一座墙壁光滑的寺庙，没有窗也没有门。右边是一座低矮的一层建筑，左边则是一栋四层高的木造小楼。楼外顺着墙有道很陡的楼梯，直通二三层住人的地方。楼梯也是木头做的，嵌入墙内，并用一根竖直的木梁做了加固。院子中间有一口老井，缠绕在辘轳上的绳子吊着一只木桶。

上楼的时候，木梯发出了嘎吱嘎吱的声响。约瑟只觉脚下有点摇晃，脑袋有点眩晕，他急忙扶住墙，害怕整道木梯会突然间散开塌掉。黑衣人看见他的举动，笑了笑，再三向他保证不会有事。他们经过第一个楼梯平台，来到第二个楼梯平台站住。黑衣人又掏出一把黄铜钥匙，比刚才那把大门钥匙小一号。

走进这个楼梯平台对面三层的房间以后，约瑟发现其实上面还有第四层，只不过外面的楼梯只能到达三层。四层的房间看上去曾经是阁楼或者储藏室，有一个梯子般的楼梯，以一个微小的角度固定在墙上，通过这个楼梯可以进入顶层。楼梯尽头的那扇门正好在楼梯平台最里面，约瑟吃惊地发现那扇门居然是金属做的。看它的形状和大小，应该是由窗户改造成的。在它旁边的墙上，又挖出了一个正方形的小孔，大概是为了让光线照进来。一进入黑衣人和小姑娘所住的房间，约瑟便无暇留意阁楼这个让他莫明充满好奇的地方的事。

这个房间窄小昏暗，陈设却很讲究。墙上有挂毯，屋里有橡木椅，中央是一张实木桌，还有几个大箱子，一个橱柜上摆着闪闪发光的银器。

女孩连忙跑去打开百叶窗，阳光立刻透过无数嵌入铅框的小窗格照了进来。她又倒了两杯酒，拿了几块面包，端到约瑟和黑衣人面前的桌子上。三人默默地吃着，约瑟狼吞虎咽起来，尽管他试图掩饰自己的饥饿。

"现在，讲讲你的事儿吧。"黑衣人说。

约瑟把事情经过简要地说了一遍，特别强调了他和家人今天早上来到这里以后，找不到地方落脚。

黑衣人专注地听他说完，轻轻地拍了一下桌子。"我明白了。"他说，"你先吃，等我一下，我去去就来。"

他说着走出房间，匆匆地去了楼下的一个房间。

女孩拉过椅子靠近约瑟，抬头看着他的眼睛。

"你叫什么名字？"她问。

"约瑟·恰尔涅茨基。"

"约瑟，"她说，"这个名字我喜欢。我叫伊丽莎白。"

"我爸爸叫安德鲁·恰尔涅茨基。"约瑟接着说道，"我们来自黑土之国乌克兰。我们家很偏僻，离最近的邻居也有六十英里。我们家的人不像其他人，我们可从来没怕过哥萨克人和鞑靼人，因为我爸爸对他们很好。可不久前，原来在我们家干过活儿的一个仆人，一个很友好的鞑靼人，跑来警告我们，说有危险。我们都很惊讶。当时我爸爸听了只是哈哈大笑，但我知道其实他心里也将信将疑，因为他把那个鞑靼人拉到一边，两个人谈了好久。但他就算心里害怕，脸上也没有表现出来，我们也没有搬家。后来，我和妈妈渐渐地就把这事儿给忘了。

"有一天晚上，我们还没睡觉呢，我妈妈正在缝衣服，突然就看见有人拨开房屋外一个角落的茅草，往屋子里面看。那个人她以前从没见过，不是我们家的仆人，也不是邻居。那是一张强盗的脸，她永远都不会忘记。我妈妈立刻尖叫起来，把我们都吓了一跳。"

"是吗？"女孩睁大了蓝眼睛，很感兴趣。

"那天晚上我爸爸来到我的卧室，我已经睡着了。他把我摇醒，让我赶快穿衣服。等我穿好，他就拉着我和妈妈从屋后的小门逃了出去。这扇小门以前是钉死的，在那之前从来没有打开过。门后是一条地道。我们顺着通道走了很远，出来以后，发现外面是一间小屋，里面已经准备好了一辆马车，拉车的是我们家最好的两匹马。这些都是我爸爸事先安排的，我们平时压根儿都不知道，他肯定早就

听到了一些风声，只不过一直瞒着我们。"

"你现在全都知道了？"

"也没有。马上就说到最神奇的部分了。当时我和妈妈上了车，发现车上已经装了满满一车的食物。我爸爸又迅速拿起耙子，走到小屋盖着枝叶的角落里，灵巧地挖出了一堆蔬菜。我以为他是想把这些蔬菜也搬上马车，结果让我大吃一惊的是，他居然只挑了其中一样。"

"哪一样？"

"南瓜。"

"南瓜？为什么——"

"我也不知道。后来，车上的东西都吃光了，我爸爸却死活也不肯让我们动那个南瓜。不过当然了，那是我们出发十天以后的事儿，离目的地已经很近了。可是就在今天早上，有个从乌克兰一路追过来的男人，竟然说要用一样重的金子把南瓜买走，可我爸爸还是没同意。"

"你们后来知道你妈妈看见的那个强盗是什么人了吗？"

"我不知道。不过后来发生的事，证明我爸爸带我们悄悄地逃走是对的。我们走了几天，找了个村子歇脚的时候，碰上了一个骑马从我家那边过来的邻居。他说，就在我们离开后的第二天，他曾路过我们家。我们家的房子已经被烧光了，就像刚打了仗一样。地里的麦子和玉米也都被烧光了，到处都是洞，好像有人以为我们埋了什么宝贝。"

"你爸爸现在还留着那个南瓜吗？"

"对，还留着呢。我不明白他为什么给等重的黄金也不肯卖，而且我想，我把这些事讲出来他一定不高兴，可我相信你会替我保密的。现在，跟我说说你的事儿吧。你喊这个人叔叔，他是你爸爸的兄弟吗？"

"对。我很小的时候，我们住的镇子流行瘟疫，我爸爸妈妈都病死了。我叔叔在大学里主修艺术，是一位很了不起的学者。"伊丽莎白骄傲地说，"他叫尼古拉·克鲁兹，是大学里最出色的炼金术士。他是个虔诚的教徒，但不在教堂里供职。和其他的炼金术士一样，他也想要找出炼金的秘密。"

这位学院派炼金术士突然出现在门口，微笑地看着他们。

"我刚才去确认了一下，"他重新在桌边坐好，说，"这里还有空房间，如果你爸爸愿意，可以先住下来。租金不贵，不过条件也很简陋，但总比风餐露宿的好。你爸爸可以把马卖掉——我听说现在马的价格还不错——你们可以暂时住在这里，等他有了好工作再换地方。除非，他会嫌弃这里太破——"

"不会不会，"约瑟连忙说，"就算为了我妈妈，他也会愿意住在这里的。我们一路从乌克兰赶过来，妈妈实在是

累坏了。哎呀，我真想马上就跑去告诉他这个好消息。不过，您可以再说一遍吗？以证明您没有骗我。”

伊丽莎白跳了起来，喊道："你若是和我一样了解他，就不会怀疑了。"

炼金术士听了这话，伸出长胳膊揽过她，用宽大的袖子将她围住。伊丽莎白像是被一只巨大的乌鸦搂在怀里，笑着看约瑟。

"快去告诉你家里人，"她催促他说，"带他们一起来。说真的，我从来没见过我妈妈，如果你妈妈喜欢我——"

"她一定会喜欢你的。"约瑟喊道，"我这就去，和克鲁兹阁下刚才开门的速度一样快。"

"跟他们说，你们要住的地方在我们楼下。"炼金术士朝这个冲出门去的男孩大喊，"一共有两间房，一大一小，我想暂时应该够你们几个住的。"

约瑟真心实意地向他道过谢，动身往集市跑去。他在鸽子巷里奔跑，一路畅通无阻，很快就拐到了通往纺织会馆的那条大街上。

到了集市，他转过市政大厅，立刻朝着他爸爸放马的小教堂跑去。可是没跑多远，他就看见爸爸妈妈正站在马车上。他惊愕地收住脚步，紧接着又像离弦的箭一样冲了过去，因为眼前的这一幕是今天发生的所有事情里，最令人心惊胆战的。

今天早上被他们甩在路旁泥地里的那个陌生人，此时正站在他们的马车旁，身后跟着一群地痞流氓，正嚣张地朝恰先生和恰太太大喊。陌生人手里举着一根大粗棍子，他身后的人显然是他的手下，在愤怒地大喊大叫，手里也拿着石块和棍子，仿佛随时准备朝马车上的夫妇砸过去。恰先生护住妻子，挡在她面前，生怕她会被石块打到。陌生人和他手下的叫喊声，以及这种紧张的对峙局面，很快便吸引了一大批围观的群众。现在是正午时分，集市休市，许多市民和农夫都坐在广场的树荫下吃东西，休息。

约瑟挤过人群，爬上马车，站到了爸爸身旁。

"哈哈，这个小崽子也回来了。"那个早晨声称姓奥斯特洛夫斯基的人说，"他和他爸爸妈妈一样，都会巫术。今天早上就是他吹了口气，就把我的马吹上了天！"

他的话音刚落，人群中便飞出一块大石头，差点打中恰先生。

"魔法师！术士！巫师！"众人高喊着。

"这个男人尤其坏！"自称姓奥斯特洛夫斯基的人又说，"他先是迷惑了我哥哥，然后把他的头砍下来变成了南瓜。

他要是还有点良心，就应该当着所有人的面把南瓜交给我，让我按照基督教的仪式安葬我哥哥的头颅……可是，谅他也不敢！他是个术士，没错，应该接受教会和法庭的审判！杀了他！杀了他！但把那个南瓜，把我哥哥的头颅留给我！”

在今天的人们看来，这些根本就是胡话，可是，十五世纪的人们却不这么看。那个时期的人们刚刚开始明白自中世纪以来便盛行的很多迷信和残忍的行为之愚蠢。比如，人们相信一些人具有特殊能力，可以把别人变成动物；相信有人可以使用魔法，给别人下最恶毒的诅咒；他们还相信有人可以给食物施咒，让牛奶变酸。

一个人只要被冠以巫师的名头，不管他原本多么善良、多么无辜，都会被残忍的男人——对，也有女人——处以最残酷的私刑。

这个陌生人就是利用这一点来报复恰先生。也不仅仅是报复，他还想用这种手段来夺取今天早上恰先生不肯给他的南瓜。为了制造声势，他先是走遍全城，找齐所有的狐朋狗友，然后又领着他们走遍全城，直到找到恰先生一家。

“南瓜啊，南瓜啊——你就是我哥哥的头呀。”他继续哭天喊地。

恰先生不为所动，只是嘲弄地笑看他表演，一只手紧紧搂着那个南瓜，一只手拎着沉甸甸的宝剑。他的意思是，谁要是想上来抢南瓜，就要先问问他手里的宝剑干不干。下面喊话的人虽然多，却没有一个敢从他正面跳上马车。但是，有些拿着大石块的人偷偷地绕到了他背后，围在他前面的人则做好了一拥而上的准备。就在这时，一个人从骚动的人群里冲了出来。他一脸正气，身上棕色的袍子带有尖尖的兜帽，宽大的袖子虎虎生风。他身材中等，步履稳健，正值人生中最好的年华。

他可能是个修士，或是某个教派的成员，但更像一名学者，举手投足都表现出学识和修养。

"住手！全都住手！"他用命令的口吻高喊，"这里出了什么事？"

"那一家三口都会魔法，全都是巫师。"领头人恶声恶气地说，"我们要替天行道，你最好别多管闲事！"

"什么魔法巫师，全是胡说！"新来的人大声喊着，也爬上了马车，站在恰先生身旁，"这不过是一种施暴的借口，过去的一年里这种事已经发生太多起了。你们这些恶棍，居然来攻击这么老实的人——瞎子都看得出来他们是好人！这其中还有弱女幼童，你们难道就不害臊吗？退下去，不然我就叫国王的禁卫军来了！"

　　"他是杨·甘地！"一个手下大声地嘀咕道，所有人都听见了，"我不干了，我走。"他说着扔掉手里的棍子，转身就走了。

　　恰先生一家三口确实都不会魔法，可是杨·甘地这个名字却好像有魔法一般，让围观的所有人都脱帽敬起礼来。人们开始面面相觑，好像做了什么丢人的事一样。

　　"是那个大好人杨·甘地。"耳语声在四处响起。不一会儿，这些人全都散开了，一个不剩。就连那个招来众人挑事儿的领头人，也脚底抹油溜走了。

4. 好人杨·甘地

　　15 世纪的克拉科夫在历史上书写的正是它光辉灿烂的一页，而在其名人录中，修士杨·甘地的名字赫然在目。他在克拉科夫大学念书的时候，正是经院哲学后期，学校

里教授的七门学科仍然以语法为主。不过，他的多才多艺主要是仰仗丰富的人生经历，以及遍布天下的朋友。他热爱学习，尤其擅长把书中所学运用到现实生活中。他窝在老宿舍楼（如今早已毁于大火）低层像格子一样的小屋里，擅长从旧学科里提取新观点，或者是研究总结欧洲所有大学的最新论点，从而提出自己的看法和建议。他是那一代人中集大成的智者。

他的一生神圣高洁，到格子住所来拜访他的人络绎不绝，那情景就像今天去克拉科夫大学图书馆旧址，瞻仰他圣像的游客一样。农民尤其爱他，这真是件稀罕事，因为很少会有农夫向大学里的学者寻求建议。事实上，他们有些不好意思接近高级知识分子。可是，对于杨·甘地却不一样。农夫跑来克拉科夫，向他请教关于气候以及四时节气该种什么的问题；和农场主有纠纷时，他们也请他来评判；他们也认真求教该给家畜喂什么样的饲料；而在有关信仰和道德等五花八门的问题上，他的意见就像神的旨意，农夫们会全盘接受。

因此，他的名声响遍四野。他最痛恨的就是人与人之间的暴力，或是有人欺凌弱小，比如小孩，甚或是一匹马、一条狗。所以，当他看见忠厚老实、教养良好的一家人被上百人围住时，他便毫不犹豫地冲进飞石当中，完全没有考虑自身的安危。

"愿主赐予你安宁。"他看着人群散去，对恰先生说，"也赐予你，我的姊妹。"他说着把手放在恰太太头上，"你们因何遭此劫难？是外乡人吗？"

"是的，而且更惨，我们还是无家可归的人。"恰先生说。

"你们是从很远的地方来的吗？"

"是的，从乌克兰来。"

善人激动地抖着肩膀："哦——哦——那你们在这里有朋友吗？"

"没有。本来是有的，我来就是想投靠他，可是他死了。鞑靼人烧毁了我的房子，抢光了我的家财。现在还有一个人在追杀我，想要抢夺我仅剩的一样东西。"他说着踢了踢脚边的南瓜。

"他们为什么说你是巫师？"

恰先生笑了："那就是煽动公众仇视我的一种小把戏，这样他就可以轻易地从我手里把这南瓜抢走了。这个引发暴动对付我的人，从边境线就开始跟踪我了，我相信他一定是某个大人物派来的探子。此事说来话长。恩公——恩公——您是神父吗？"

"人们这么称呼我，但我不过是天主——我们的父派来的仆人。"

"那么，好神父，求你听我说！我从不害人，可我在一个充满阴谋和麻烦的地方孤立无助，眼下我只想给我的好太太和好儿子找一个地方借宿一晚。"

"那就跟我走吧。"修士说，"我诚心诚意地邀请你来寒舍做客……套上马，从那边那条小巷子就能走到圣安街。"

恰先生调整马鞍的时候，约瑟拉了拉他的衣袖。"爸爸，爸爸，"他急促地说，"我知道有个地方可以让我们过夜。"

恰先生低头看着儿子，惊讶地问："你知道？你知道什么地方？"

"有一位学者带着他的侄女住在那儿。他们领我去过家里，说他家的楼下还有空屋可以住。"

杨·甘地打断了他们："先来舍下好了，然后我们再好好计划一下。如果小朋友真的找到了住处，他说的像是真的，我们更可安心地详谈，总比在这乱糟糟的广场要好。"

几分钟以后，他们停在一大片楼中最大的一栋前面，这片楼便是大学了。一路上约瑟发现街上所有的人见了杨·甘地，都会向他脱帽敬礼。有一队骑士见到他，甚至还拔剑致敬。不过杨·甘地似乎不怎么在意这些人，因为他正忙着考虑眼下的事。甚至，他从马车上下来，领着三个人来到自己一楼的小屋，在门口右边站定的时候，他还在想事。

一进屋，恰先生没有马上询问约瑟住处的事，反而立刻要求同杨·甘地单独谈一谈。约瑟和妈妈走到屋外的廊檐下，吃着修士为他们准备的点心，恰先生便在屋里和修士窃窃私语。

约瑟和妈妈吃着，屋内的声音嗡嗡的，听不太清楚。他只能偶尔听到只言片语，比如此刻好像是修士在问恰先生，他说："这么说，这个南瓜是你从乌克兰带来的？"

恰先生一定只是点了点头，因为约瑟并没有听到他出声回答。整个谈话过程中，恰先生一直抱着那个宝贝南瓜。约瑟没有再听下去，转而向妈妈讲起了早上的冒险。

他的故事一开讲，妈妈就放下了点心，盯着他。"啊，这可真是个奇迹。"她说，"等你爸爸在里面和好心的神父谈完，我们就立刻去你说的地方找那位学者……还有那位可怜的小姑娘。她爸爸妈妈都染上瘟疫病死了？我想这一定是上帝的旨意，将我们派去她的身边。"

杨·甘地坐在屋子里，静静地听恰先生把自己的经历从头至尾说完。中间他问了几个问题，恰先生都耐心解答。

然后他们两个继续压低嗓门，快速地交谈着。

最后杨·甘地单手扶额，静默了很长时间，好像陷入了沉思。然后他说："在我看来，目前可行的办法只有一个。如果确如你所说，你的敌人在城里，你就不能让他们找到你。那么我建议，你不如改名换姓——出于维护正义的目的，这种计谋不能算是触犯戒律。鉴于你目前的处境，不如把马和马车都卖掉，换点钱财，不然它们也只能拖累你。如果你愿意，我可以派个人替你走一趟，马市就在瓦维尔山下的平原上。看你的车和马的情况，应该可以卖个好价钱。"

"可这些钱也支撑不了多久。"恰先生说，"我还应该谋份差事。"

"我已经替你想到了。"杨·甘地说，"我知道有份差事适合你目前的处境，不过，那可是一份低贱的苦差。"

"只要能够养活老婆和孩子，再苦再累我也愿意！"恰先生飞快地说。

"很好！好极了！"修士高声说道，"我还有一件事需要确认一下，我想，你曾经打过猎吧？"

"啊，是的，怎么了？"恰先生不明所以。

"那你也会吹号角喽？"

"是的。不客气地说，在我家乡那一带，没人吹得比我更好。"

"太好了！……啊，还有一件事。你刚才跟我说的那个秘密，只能让国王一个人知道。你看守的宝贝应该交还国王，因为这是一件国宝。我不知道它究竟在世间惹了多少祸，只希望它的罪孽不要再加深了。或者，你想把它交给我来保管吗？"

"如果能的话我也希望交给你。可是我曾对父亲发过誓，在我有生之年，或者在将它交给波兰国王之前，永远都不会让它离开我。"

"愿上帝与你同在。我找人去处理马和马车，你在这里休息一下，听听你儿子说的事，然后为将来做好打算。"

他把约瑟和恰太太叫进屋。听完恰太太复述约瑟的经历，他说："啊，这样一来就太好了！我知道你说的那个地方，也认识克鲁兹。他是位奇人，虽然脾气有些古怪，但绝对是一个诚实善良的好人。不过，很多人都怕他，住在旁边那条街的邻居也远远地躲着他。因为他住的地方以前曾住过很多江湖术士，他家很少有人去。他的奇闻轶事很多，不过我想大部分都是以讹传讹。你们现在这个情况住在那里正好，反正那里也不怎么有人去。"

恰太太的心中顿时升起一片感激之情，想要跪下请求好心的神父为她赐福。杨·甘地连忙扶起她。

"不要这样，我的姊妹，"他说，"我才需要你的祝福，因为我知道你们的心有多么善良、多么勇敢。"

最后，她还是吻了吻他的手背。约瑟也立刻照做。恰先生赶紧背过身，生怕被他们看见他眼中的泪水。人间的真情能够触动人心中最柔软的地方。这位知名修士身上也有触动人心的东西，尽管这种触动是如此甜蜜，如此温柔。他的高尚胸怀和精神，令他鹤立鸡群。

杨·甘地派了学校的一名仆人去卖马和马车，约瑟和爸爸妈妈一起坐下来，等着那名仆人回来。

在等待的时候，有人来敲门。杨·甘地立刻起身去开门。外面站着一名怀抱婴儿的妇女，并不像是请求救济的，而是寻求建议的。她走了进来，看样子好像是从黑村来的，胳膊、腿和脖子都很痛。

杨·甘地轻声问道："你晚上睡在哪里？"

"睡在地上，先生。"她答道，"可是我疼得太厉害，已经再也无法忍受了。一定是魔鬼缠上了我，请求您将它驱走。"

"你睡的是石地板吗？"

"是的。"

"地上潮吗？"

"不潮，先生，只有春天会比较潮。"

"石板下面的土是潮的吗？"

"为什么问这个？啊，也许吧。"她说，"如果水井长时间不用，井水便会溢出来，因为那儿有个水源。或者有人打水时不小心，溅出来的水也会顺着石板缝流到地下。"

"那么你按我的吩咐去做，病痛就会好了：撬开石地板，在水井和你的住处之间砌上一道矮墙，做好防水。然后再修一条水渠，将流到你家的水引走。勤晒床单，保持床单干爽。铺床的树枝要每星期换一次。如此，你便不会再有伤痛。"

妇人吻了吻他的手背，离开了。

不久又来了一个农夫，抱怨地里的虫子啃光了他庄稼幼苗的根。

"请您替我念咒，神父，"农夫恭敬地说，"将虫子驱走。"

"能驱走它们的人是你。"杨·甘地说，"将火炉里的炉灰洒到地里。如果还不管用，那就清晨早起，浇灌一遍庄稼。这个时候虫子就会钻出来，你处理掉它们就是了。"

农夫离开之后，杨·甘地走到一个高高的书桌前，取下插在橡木笔架上的鹅毛笔，摊开一幅羊皮长卷，在上面

奋笔疾书起来。长卷写完的部分从桌角耷拉下来，几乎垂到了地面。

约瑟蜷在窗下的长椅上，合上了眼睛。今天是多么惊心动魄的一天啊！未来又会发生什么事呢？

他想着想着，一开始只是出神，到后来眼前的情景突然清晰起来，变成了幻觉。他好像能看见自己披盔戴甲，手持长矛和盾，与一个高个子黑眉毛的鞑靼人奋战。只不过那个人的头是一个大个儿的金灿灿的南瓜。然后那个鞑靼人突然摘掉自己的头，抱着它爬上陡梯，梯子通往的房间好像悬挂在星空中。屋里闪烁着奇异的光芒。突然，鞑靼人再次现身，变了模样，长出了一颗狗头，南瓜飘在他身边，像是一团随风而动的羽毛。杨·甘地写字的唰唰声越来越小，约瑟幻想的世界渐渐远去，最后一片漆黑。

约瑟睡着了。

他醒来的时候，屋子里已经没有阳光了。在他对面亮起了一支烛灯，借着灯光，他看见爸爸妈妈和杨·甘地三人，正围着桌上的一个东西忙碌着。他揉揉眼睛，以确认自己不是在做梦——啊，没错，就是那个神秘的南瓜，爸爸手里握着一把大刀在切南瓜。这真是一个奇怪的南瓜，皮又硬又脆，刀子在上面刮来刮去，好像是在切或是削木板。约瑟入迷地看着，几乎不敢呼吸。他看着刀锋一下下在南瓜的表面游走，一块块的碎屑随之飘落在地上。

恰先生压低嗓门说："我想，我手里的这个东西可能就是我在乌克兰的家被毁的原因。今天那个找我们麻烦的人，一定很清楚这南瓜里装的是什么。一定有人跟他说了有什么东西在我手里，他也知道那东西的大小，所以当他看见这个南瓜，又看见我的马车上只有这个南瓜时，一联想，就猜出那东西在哪里了。唉，我原本把它藏在南瓜里，就是为了不想惹人怀疑。"

"可是，"杨·甘地打断他，"这个时候看见南瓜，只要稍微琢磨一下，人人都会觉得很奇怪。这一定是晚种的南瓜，夏天这个时候，要想在波兰再找出一个这样的南瓜来，恐怕还真不是件容易的事。"

"是呀，"恰先生说，"可我只能冒这个险。多年以前，我接过这副神圣的重担时，就一直担心敌人早晚有一天会发现它在我这里，要把它抢走。所以我灵机一动，想到了这个完美的点子，来打消别人的疑心。无论冬夏，我都会准备好一个南瓜以防万一。我做了很多次实验，才找出一个方法把南瓜保持得如此完好。"

这时，他终于削完了最后一块南瓜皮。

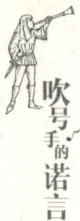

整个房间突然亮了起来，就像同时点燃了数千根蜡烛。墙上映照出七彩幻光，仿佛前一刻还放着南瓜的地方，突然换成了从天上落下的太阳。闪耀、舞动的光在房间里奔跑，让整个屋子亮如白昼。恰先生把南瓜里的东西装进杨·甘地提供的袋子里时，屋子瞬间又暗了下来，只剩一支烛灯的光了。恰先生忙着系好袋口，此时约瑟冲到了桌旁。

"爸爸，爸爸，"他喊道，"那是什么？刚才你从南瓜里取出来的那个发光的东西是什么？"

恰先生的声音和善而坚定："约瑟，到时候你会知道的。一旦你明白我们肩上的责任，这有可能就会成为你的负担，给你带来想象不到的忧虑。如果你只是出于好奇，那么相信我，你知道得越多，痛苦就越多；如果你真心想要知道真相，我会选择一个合适的时机告诉你过往的一切。不过现在——我还不忍心让你这么小就担起这么重大的秘密，因为要为它付出的代价实在太大了。"

他说完沉默了一会儿，换了个话题。

"我们现在就搬去你所说的那个地方。刚才你睡觉的时候，神父已经带我去见过你的朋友了。他已经找人把那里打扫干净，我们可以过去住上一段时间，至少目前是这样。"

5. 鸽子巷

　　约瑟等人从杨·甘地家里出来时，圣安街已经漆黑一片。杨·甘地手里举着小烛灯，坚持要送他们一程。烛灯昏暗的光只能照见他们身前一两步远的地方，并不比没有月亮

的天上的星星亮多少。恰先生右手搂着恰太太，跟在杨·甘地身后，约瑟走在最后面。沿着街边狭窄的人行道走了没多远，就有一个潮乎乎、滑腻腻的东西"啪"的一声伸进了约瑟的右手里。约瑟一惊，待他看清楚不过是一个狗鼻子时，才放下心来。一条迷路的流浪狗把他的手当作了一种示好。

约瑟俯身伸手摸到了一颗毛茸茸的头，心想：真没想到，该不会是今天袭击伊丽莎白的那条狼狗吧？没错，大小差不多。啊，还有，项圈也和我今早抓到的一样。我还记得项圈上这些小刺，尖得可以划破手指。于是他喊起来："爸爸！爸爸！"

恰先生猛地回过头，问道："儿子，怎么了？"

"有条狗，"约瑟回答说，"一条友好的狗。"

"带它一起来吧，"恰先生说着笑了起来，"现在我们的朋友越多越好。"说完，他们继续赶路。

上帝创造万物，就属狗的好奇心最重，甚至有人会认为，它们也是最具分辨能力的。同样是这条狼狗，早上约瑟松开它之后，它的第一本能就是逃走。可是它的第二本能是找朋友，因为狗若是离了朋友便无法生存。那个鞑靼男孩已经走了，狼狗已经受够他了。狗身上有一种罕见的直觉（有时候马也会有），这条狼狗此刻已经凭直觉完全醒悟，知道今早拉住它项圈的小男孩不是敌人。也许是因为约瑟的碰触，也许是因为他的语调，总之，这条狗知道约瑟平常和狗很熟悉，也知道他会待狗很和善。所以，它走遍大街小巷找了一整天，当它在暗巷里遇到这群人时，就立刻分辨出了爱犬人的气味。而奇中之奇的是，这个爱犬人就是今天早上抓住它的那个！

最后约瑟等人拐进了圣安街边上的小巷，也就是现在的雅盖隆大街。又走了没多久，就到了鸽子巷。在此向左转走了几步之后，前面突然传来了压低的吵闹声。杨·甘地停住了脚步。约瑟一家人也停了下来，除了约瑟手里牵着的那条狗，大家都一动不动。

"待在这儿别动，"杨·甘地说，"我去前面探探路。"说完，他高高举起烛灯，向前面的一群人影走去。那群人全都身穿黑袍，站在马路中间围成了一圈。

"孩子们，"杨·甘地举着烛灯，挨个儿照过去，高声喊道，"孩子们，你们在这里做什么？"

人群立刻就散开了。就恰先生看来，这些人要么是怕杨·甘地，要么就是敬他，也有可能两者都是。

"决斗？"杨·甘地走到人群围成的圈内大声问道，手

里的灯光代替之前围观者的人影，"这是怎么一回事？"

有两个年轻人，是两个学生，敞着领口，正彼此怒目而视。他们脱下了黑色的学士服，将衣服扔在脚边，袖子撸起的右手紧紧握着细长的意大利长剑。看样子，在杨·甘地赶来之前，他们就已经打过一回合了。

"决斗？"杨·甘地重复道，"难道你们不知道学校已经严禁决斗无数次了吗？难道你们不知道学生如果决斗，是要受到严重的惩罚，甚至是要坐牢的吗？"

他毫不畏惧地伸手去夺他们的武器。"决斗可不是闹着玩的！"他喊着，将两把剑一起没收了。

确实不是闹着玩的，这两个年轻人居然用开了刃的真剑来决斗！那个时候，大多数学生决斗，都会在剑尖扣上一个剑头，以降低危险性，或者用没有开过刃的钝剑，而且双方都会戴上护甲和沉甸甸的护腕及头盔。可是此刻，站在他面前的这两个年轻人，连一点保护措施都没做，如果不是他及时赶到，制止他们，那这两个人里肯定有一个会受重伤。

"你们到底是为了什么？"杨·甘地追问道，"你们两个叫什么名字？"

他举起烛灯凑近离他更近的那个，突然失声惊叫："约翰·特林！我真没想到居然会是你！我以为你只对坩埚感兴趣，对击剑一窍不通呢。你叫什么？"他怒气冲冲地问另一个学生。

"康拉德·米林纳其，马佐维亚省人。"另一个学生将剑收回，羞愧地垂下了眼帘。

"马佐维亚人！哦，真高兴你还知道羞愧。也许你生气是情有可原的，我听说最近有很多无端侮辱马佐维亚人的事件。你先回屋去反省，明天我再听你的报告。还有你们——"他转身指着旁边那些仍然在围观、幸灾乐祸地等着看打架的人怎么挨罚的看客，"都马上回自己的宿舍去，我回来的时候要是看见你们还在这里，明天一定会报告给校长。"

"至于你嘛，约翰·特林，"当现场只剩下他和另外一个学生时，他说，"你在公共场所闹事，就不觉得丢人吗？"

"我不。"这名学生飞快地回答，迎着杨·甘地斥责的目光，毫不畏缩。

这时恰先生一家人也走了过去。约瑟借着烛灯看向约翰·特林的脸，他不觉吃了一惊——至少是一种强烈的反感。约翰·特林的面孔，并没有扭曲，没有，他的眼神透亮而尖锐，一头黑发，腰板挺得很直，松开的领口透出雪白的

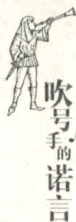

肤色，与乌黑的头发和漆黑的夜色形成了鲜明的对比。可是他的鼻子却刻薄无肉，小嘴巴带着自命不凡，眼神中透出自私自利。对于一个年轻人来说，有这种表情已经很奇怪了——甚至用奇怪这个词还不足以形容。这太不自然了，这种不自然，在约瑟这个年纪的小孩看起来可能更觉明显，因为成年人已经见惯了这世界的自私凉薄。

"你们为什么争斗？"约瑟听见修士厉声问道。

"说起来话可就长了——"

"那就长话短说。"

"他侮辱了我。"

"他说了什么？"

"不止一件事，主要是他瞧不起我的研究。他问我会不会从铜铁或者皮革里炼出金子，还说如果我有本事从这些东西里面提炼稀有金属，他就愿意满城去收旧鞋。"

"你没有回嘴吗？"

年轻人犹豫了一下，这个杨·甘地总是有办法逼别人说实话。"回了，我问他北方的青蛙是不是也说马佐维亚语。"年轻人的回答相当刻薄。

"唉，我就知道。"杨·甘地飞快地说，"为什么总是有人要挑衅马佐维亚人去用剑呢？我在这里郑重地警告你：

有可能你是一个好的剑客，可是马佐维亚人拔剑的速度比说话的速度还要快。"

"可他说得更过分。"特林为自己辩解着，他用波兰语说不清楚，便改换了德语。约瑟顿时觉得很没劲，因为他一个字都听不懂。

"你小心谨慎些吧，特林。"修士最后说，"你现在还没正式入学，一定要多注意自己的言行……既然是你先动的手，解铃还须系铃人，明天一早，你就去亲吻对手的脸颊，请求他的原谅。"

修士建议的做法实在很不合特林的脾气，可出于对修士的敬重，特林还是点头答应了。

"我还有句话要说，约翰·特林，这种事对你没有好处。最近这段时间我对你的学业并不了解，可我知道你最近常常和一些三教九流的巫师、术士混在一起，却与真正值得你求教的克鲁兹阁下来往甚少。现在世道真是坏了，连执着于判断善与恶、慷慨与自私的人，人们也要抱以怀疑。你还住在克鲁兹那栋楼里吗？"

"是的。"

"那么，一起走吧，我们刚好也要往他家去。这位先生和太太就住在克鲁兹的楼下。"

年轻人想借着烛灯，偷偷看看新邻居的模样，可是恰先生一家三口的身影都隐没在黑暗中。

他们又走了不久，就来到了约瑟下午来过的门前。门边有一根垂下来的门铃绳，杨·甘地拉了两下。没几分钟，一个驼背的老妇人举着烛灯，先从门缝里一一照了照他们，这才开了门。

"现在好了，不用再给您添麻烦了。"恰先生对修士说。

"不麻烦。"修士客气地说，"我保证，你住在这里一定会很舒心的。所有的事情都安排好了。明天我再派个人来，跟你说说工作的事。现在，祝您晚安，安德鲁·科沃斯基阁下，"他犹豫了一下，随口编了个假姓，"愿主保佑你平安。"

"愿主保佑你平安。"恰先生等人也都跟着说道，目送这位友善仁慈的圣人那和蔼的身影消失在黑夜中。恰尔涅茨基一家——现在是科沃斯基一家了——和约翰·特林以及那条狗一起走进院子，老妇人在他们身后关上门，用力插好门闩。

"我们终于到家了。"恰先生说。

老妇人举着烛灯在前面带路，领着他们穿过通往院子的拱顶走廊。来到院子里之后，特林和他们道过晚安，便回到右手边自己的房间去了。约瑟从一开始在街上借着烛灯看清他的模样时起，就不喜欢他，到了分手时还是喜欢不起来。特林的这副尊容看久了是很容易做噩梦的。如果换了白天，可能会觉得他就是个普通人，和街上普普通通不丑也不美的人没什么两样。可是在昏黄的烛灯下，他的样子实在令人感到一股无以言状的狠劲。

老妇人领着恰先生一家来到左手边的楼梯。他们沿着约瑟白天走过的路线往楼上爬去，整个楼梯似乎比白天晃悠得还要厉害。老妇人在前面走得轻松自如，恰先生一家爬得小心翼翼，生怕楼梯散了架。

二楼楼梯口的门已经打开，伊丽莎白·克鲁兹亲手点着一根蜡烛，正在那里迎接恰先生一家。恰先生拿起蜡烛，审视着他们的新家。一共两间房，大的那间四四方方，一侧放着一张大床，供恰先生和恰太太休息，另一侧则可以作为起居室和会客厅。后面小一点的那间房当约瑟的卧室。刚才来开门的老妇人忙了一整晚，才把这里打理好。她把恰先生给她的一点钱花掉，置办了一些生活必需品，比如盖的毯子、木质餐具、椅子和床。

他告诉老妇人他叫安德鲁·科沃斯基。这个姓是杨·甘地取的，很普通，而且还有"工匠"的意思。炼金术士和他的侄女虽然都知道他们家和提辛斯基家是亲戚，却都很

愿意保守秘密。

"好了，老婆。"只剩下自己一家人之后，恰先生关紧门户，对他的妻子说，"这里比我们想象的要好。"说着，他将装宝贝的袋子放在大房间的桌子上，这个宝贝自他从杨·甘地家里出来后，就一直不曾离手。"最好的是，这里很安全。门这么厚，前面的墙还是石头砌的。要是有人想从屋后爬上来，肯定会摔个半死。不错，寺院这种地方，除了修士，谁也不会来。我们楼上住的是炼金术士克鲁兹，楼下住的是那位老婆婆和她儿子，他们白天负责看家，晚上负责守夜。

"对面也只住了几个学生，其中一个就是刚才和我们一道回来的约翰·特林。那些想找我们的人，永远都想不到我们会住在这里。换名字也是一层保护。我们可以先安心住下来，等国王回来后再说。"

他还想说点什么，却被门外奇怪的声音打断了——好像有人在重重地撞门。恰太太吓得尖叫一声，恰先生也伸手去摸短剑，只有约瑟在哈哈大笑。

"是我的狗在撞门。"约瑟说，"它又累又饿，肯定想喝点水。楼下院子里有一口井，我去打点水。它可以睡在屋檐底下。明天我就去找根链子或者绳子把它拴起来，它这么野，四处跑可能会闯祸。"说完，约瑟从篮子里拿了一点肉和几块面包，带着狗下楼来到院子里。院子里很黑，恰太太在楼上举着灯给约瑟照亮。约瑟打完水，将狗安置到墙角。

约瑟和妈妈进屋的时候，恰先生已经准备睡觉了，那个珍贵的袋子被收到了什么地方。约瑟好奇地看遍大房间的每一个角落，最后断定只有床可以藏东西，那袋子不是藏在床底下就是藏在床单或者枕头下面。

约瑟没有想多久，虽然他下午睡过一觉了，但是眼皮仍然很沉。渐渐地，整个世界逐渐退去，他枕着一个包裹，跌进了梦乡。

第二天，一家三口早早起了床。恰太太忙着将家具擦干净，恰先生则一会儿将廉价的椅子钉牢，一会儿跑去补墙，一会儿又去外面检查一下旧楼梯，看看他能不能修好。白天看上去，楼梯的状况还不错，虽然的确会摇晃，但结构还算牢固。只要不故意破坏，这楼梯间也还能再坚持几年，短时间内不会有危险。恰先生前一晚悬着的心这才放下来。

约瑟也赶了个早，吃过楼下老婆婆送来的早饭，就跑去鸽子巷遛狗了。他给这条狼狗起名叫伍夫。白天的鸽子巷看起来不像晚上那样危险，原本像邪恶之眼在偷窥的椭圆形小窗户，此刻看来也更像是快乐精灵或者小矮人的眼

晴了。黄昏和夜晚的路灯之下，街上所有的建筑物看上去都怪异恐怖，可是在白天，这些房子只是扭曲成各种形状，歪七扭八而已。底层的窗户都装了铁护栏，门上也拴了沉甸甸的大锁链，就像藤蔓缠绕在大树上一样。人们进出的时候，解开的铰链发出哗啦哗啦的响声。有的窗户前还晾着衣服，其中有女装，有男士的骑马装，有外套，以及到处都有的学生黑袍。琳琅满目的小巷令约瑟深深着迷，他在街上好奇地逛了很久。

鸽子巷在巷北有个十字路口，再往前走就是集市了。鸽子巷在此陡然转向。约瑟带着伍夫跑到十字路口，此处叫作布拉卡大街，然后转头原路返回他现在的家。他气喘吁吁地爬上楼，打开外间的门，刚想按照老样子开心地问候父母，就发现一个陌生人正站着和他爸爸谈话，连忙住嘴。来者长了一张农夫的脸，身上的皮衣很像守夜人穿在铠甲里面的那种。他们面前的桌子上放着一支长长的铜号，光滑锃亮得像是金子做的。

铜号旁边还放着两张手写的羊皮卷，其中一张写满了密密麻麻的字，另一张上面，是用红色墨水和黑色墨水小心翼翼抄写的曲谱。

"这一张，"陌生人指着那张写得密密麻麻的羊皮卷说，

"是你刚才发过的誓言的手抄本。另一张则是《海那圣歌》的曲谱。你负责值夜班，每个小时都要吹响一次。晚上和你交班的号手会把高塔房间的钥匙给你，还会告诉你应该注意些什么。吹奏《海那圣歌》是一份神圣的工作，我很高兴甘地修士能找到一位你这样出色的波兰人来值夜班。"说完，他吻了吻恰先生的脸颊，离开了。

约瑟瞪大眼睛，简直不敢相信！《海那圣歌》！教堂的高塔！他爸爸！

他们坐下来吃午饭时，爸爸对约瑟说："我把什么都告诉你。我发的这个誓言，是圣母玛利亚教堂历任吹号手都发过的，你有空的时候，也可以看一看。而关于《海那圣歌》那个戛然而止的音符的故事，我保证很快会讲给你听。这支曲子必须要有人站在教堂高塔八角房间的阳台上，每个小时就吹响一次。"

"你要当吹号手了吗？"约瑟问。

"是的，这还多亏了杨·甘地修士穿针引线。"恰先生回答道，"吹号手也兼任守夜人的工作，要站在高塔上瞭望城里的情况，哪里着火了都能看见，也能立刻敲响钟楼上的大钟发出警报。现在，作为科沃斯基一家，我们的处境是很安全的。这个姓氏也是修士替我们想出来的。作为普

通人安德鲁·科沃斯基，克拉科夫就是我的家了。在我之前的吹号手做得很出色，可惜在一个星期前死了。愿上帝让他安息！接替他的人又吹得很难听。"

"可是刚才那个人说，每个小时都得吹响一次，"约瑟叫道，"那你岂不是一整夜都不能睡觉？"

"是的。"恰先生说，"为了自己的安危考虑，我也最好在夜间活动，这样就不会有人认出我了。至于你，孩子，修士知道以前我找了老师为你启蒙，所以他安排你去这里的附属中学上学，以继续学业。但你一定要小心，因为肯定会有人千方百计地寻找我们，妄图夺走我们的宝贝。在学校里，你可以和其他孩子一起玩，可是不能乱说话。你的衣服我会给你买新的，不会有人通过衣服认出你。不过你必须管好你的嘴，不能把我们的事对任何人说。时刻牢记，你是一个叫约瑟·科沃斯基的普通人。"

就这样，按照好人杨·甘地的指导，约瑟准备去学校上学了，而恰先生变成了科沃斯基先生，成为了圣母玛利亚教堂新一任的守夜人和吹号手。

恰先生刚刚叮嘱完约瑟，外面的楼梯上就传来了咚咚咚的脚步声，伊丽莎白·克鲁兹跑了进来。她直奔约瑟的妈妈而去，恰太太张开双臂搂住了她。"我就知道，我们住在这里会过得很开心的。"恰太太高声说道，"这里还有一个孩子需要人疼！"伊丽莎白转头看着恰先生微笑，恰先生也露出了温柔的表情，拉起她瘦弱的小手吻了吻。她的手柔弱雪白，静静地躺在他黑黝黝的大掌里，真是一幅动人的画面。

"叔叔已经告诉我了，"她说，"说您要去教堂当吹号手。以前每到夜深人静，我躺在床上觉得孤单害怕的时候，就听尖塔上的音乐声。现在我知道吹号的人是约瑟的爸爸了，我就能继续安心睡觉，不怕任何事啦。"

"现在我好像有两个孩子了。"恰先生说着，一手搂着伊丽莎白，一手搂着约瑟，"看起来，上帝再次眷顾了我们。"

6. 吹号手的高塔

中欧最壮观的景色，一向有克拉科夫的圣母玛利亚大教堂一份，即便是在遥远的过去，世界各地的游人也会慕名前来。教堂庄严地矗立在中世纪古城正中，从远处便可遥遥望见它的两座高塔。它的红砖墙和瓦维尔山脚下的岩石一样坚硬。从外表上看，它不如更有贵族气息的姐妹教堂瓦维尔大教堂那样庄严雄伟，没有飞拱和典型的哥特式装饰，比如用石头雕成的巨大的兽状滴水嘴、花卉和圣像。但是，它优雅的外表有一种坚固庄严的力量。它也不像明媚阳光下的法国教堂，那儿和风舒畅，阳光煦暖，可以有精致的雕花和墙外的小尖塔，但它却像是一座牢固的城堡，可以抗住波兰经常肆虐的来自原野或波罗的海的狂风暴雨。它最吸引人的，是教堂内部的装饰，堪称美之奇迹，就像包裹在粗粝石头里的一块水晶。

恰先生右手提着小号，在天刚擦黑的时候，和约瑟来到了这座教堂。这是他们在新家安居后的第一个晚上。高塔脚下，一个看门人打量了他们几眼，替他们打开了通往高塔楼梯的厚重的小门。他们在黑暗中沿着狭窄的楼梯往上爬，最后来到了一个平台上，塔楼内部豁然呈现在面前。他们刚要继续往上爬，发现右手边有一道小门，通向一个小教堂。约瑟后来才得知，那里是死刑犯度过人生最后时刻的地方。

有人提着灯在上面朝他们喊了一句，约瑟和爸爸等着那个人下来。他就是值白班的号手，那个要和恰先生交接工作的人。他下来了，吻了吻恰先生的脸颊，表示欢迎，同时简单地介绍了一下工作内容。然后，他将灯和高塔上号手房

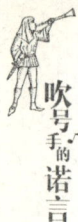

间的钥匙一齐交给了恰先生。祝他们第一晚值班好运之后，他就顺着楼梯走到了塔底。看门人替他开了门，放他出去。与此同时，约瑟和恰先生爬上了通往塔顶的脚手架。这个脚手架用大梁支撑着，边上是台阶，顺着塔的四周螺旋而上。这段楼梯陡而窄，但很结实，踩上去并不会嘎吱嘎吱地响。

他们爬呀爬呀，经过五层镶有白色水晶球的玻璃窗，再爬呀爬呀，终于爬到了顶端给守夜人准备的房间里。这个八边形房间一共分为两部分，一部分是供吹号手休息的地方，另一部分是其四周的开阔空间，可以通过窗户瞭望整个城市。这里还有好几支备用的小号，以及一根绳子，拉动绳子可以敲响挂在塔楼下层宽而矮的大钟。房间里还有几面红旗和几盏灯，都是在城里起火的时候用来发警报的。

监视火情是吹号手的职责。他还要监视向城市进逼的军队，监视有无暴动、造反的迹象，但尤其要注意的还是火情。这座城过去饱受火灾的摧残，许多老建筑都是木质结构，即便前面的墙是石砌的，房顶铺的稻草和其他地方的软木，还是见火就着。一旦发现有地方着火，吹号手就要将红旗挂在正对着起火方向的窗外；如果是晚上着火，那挂出去的就不是红旗，而是红玻璃罩的灯笼。

在发现市民的生命受到威胁的时候，也是吹号手负责敲响警钟。就在恰先生一家来克拉科夫的前一个月，提辛斯基一家遇害的时候，塔上的吹号手就敲起了又长又响的警钟，提醒市民。明年，对引发暴乱的四名罪犯执行死刑时也会敲响大钟，因为行刑的广场就在高塔下方。这座高塔确实堪称克拉科夫重要的活动中心。

恰先生用钥匙打开里屋的屋门，反身插好插销。约瑟跟在爸爸身后走进来，发现这是一间很舒适的小屋，有一张桌子，一张床，一个小火炉，墙上还挂着一盏点亮的灯。桌子旁边摆着三把椅子，因为空间狭小，只能紧挨着放在一起。桌上立着一个大沙漏，这是约瑟生平见过的个头最大的沙漏之一。沙子漏下去，形成细细的一条线，下半部的沙子就快要到标着拉丁字母"X"的地方了，这代表马上就到晚上十点了。这个沙漏事实上能计时 12 小时，上面的刻度和数字是烧制成型时，在玻璃尚未硬化前刻上去的。这是吹号手的计时工具。教堂中殿的屋顶面朝南方，全天都照得到太阳，上面有一个大日晷，可以标记出正午时刻。而高塔北边的墙上则挂了一只大钟表，表面只有一根指针——时针。指针的叫法名副其实，它是用金属打造的一只攥起的拳头，只伸出食指指着数字，其他四指弯曲。

沙漏里的沙子与"X"那条线齐平的时候，恰先生匆匆

地冲到屋子朝外的一面，松开一卷挂在房间中间一根柱子上的绳子，这根绳子穿过地板上的一个小洞，一直垂到矮塔那么低，那儿有一个圆木做的滑轮，绳子绕过滑轮，穿过一个小窗孔进入矮塔。这个小孔本来是用作军事用途——让弓箭手在防守时射箭用的。进入矮塔的绳子，连接着挂在大钟上方的铁锤的一头。只要一拉绳子，铁锤便会落下，绳子松开后，有一个用金属丝和皮子做的弹簧设备将铁锤收回原位。恰先生一拉绳子，铁锤敲下去，"当——"，钟声随即响遍全城。他一拉再拉，铜钟一响再响，直到敲完十下为止。

接着他跑去离小屋入口最近的塔楼的一面，推开一扇小玻璃窗，站在窗口前，伸出小号开始吹奏。现在是面冲西，面向纺织会馆的方向，远处就是克拉科夫大学。然后按照值白班的同事的叮嘱，他又跑到面朝南的窗户前，站在窗口吹响第二遍。他紧跟着跑去朝东的窗户，最后是朝北的那扇。他脚下是灯光点点的城市，风柔柔的，空中弥漫着农夫们刚刚割完堆好的新鲜青草散发出的芬芳。从大学的方向，传来了男声合唱的圣歌声。城堡大街的石子路上，响起了巡逻队经过的铁蹄声。这些巡逻队有可能是某个大户人家的仆人，也有可能是国王的禁卫军。守夜人手拿长矛，用矛的尾端梆梆地捅着沿街各家店铺的门，挨家挨户地确认大家是否关紧门户，有没有学徒或仆人粗心大意地忘记关门。高塔下，墓园里的白石碑隐约可见，暮色中透出一种沧桑的灰暗。抬眼望去，点灯人正在点亮纺织会馆屋顶那盏大灯的油芯。星星出来了，一颗接着一颗，挂在天上，天空仍有一丝蓝色尚未褪去。周围响彻着恰先生吹奏的《海那圣歌》，这首曲子还有另外一个名字，叫做《圣母赞歌》。

"真好听。"约瑟说。

"是的,儿子。"恰先生回道。然后,他徐徐地向儿子说起,多年前的那个早上，就在他们身下的广场上，挤满了鞑靼的大军。有一个吹号手为了遵守自己的誓言，拼尽最后一口气吹响了《海那圣歌》。为了纪念他，此后的吹号手在吹起《海那圣歌》的时候，都要停在一个突兀的地方，因为这就是那个吹号手吹完的最后一个音符。

约瑟静静地听着，眼中充满泪水，激动的心情难以平复。他现在比以往更加热爱自己的祖国和传统了，勇敢的先辈曾创造了永远伟大的传统，屹立于民族之林，留传下来，并希望后人永远传承下去。他看向窗外，遥想着许多年前，牺牲在这里的那个年轻的生命，泪水好像止不住要流下来。但是想到这一行为的崇高之处，自豪之感又让他止住了泪水。

他们返回里屋。

"今天我带你来，是为了让你也了解一下这座教堂吹号手的职责。"恰先生关上门，将小号挂回墙上，对约瑟说道，"万一我病了，或是受伤了，你就可以来替我。我有那么多敌人，谁知道会出什么事呢。我已经发过誓，要每个小时吹响一次圣歌。从我刚才给你讲的故事里，你也能够感觉到，这个誓言有多么神圣。所以不管发生什么事，这首歌都要准时响起——"说着他从怀里掏出一张羊皮卷，用炭笔在上面画了几条线，"你要用心学会我写在这里的曲子。"

"这是《海那圣歌》的曲谱。"他说完默默地写了一会儿，写完以后继续说，"哼起来是这样的。"他一边哼着曲调，一边指着谱子，告诉约瑟他哼的是哪一个音。

"这些是必会的部分。下个星期这个时候你要能把它们默写下来。不能影响学习，抽空就看一眼。还有，如果可以的话，在心里默默地哼唱《海那圣歌》的旋律。等你记住旋律以后，我再教你怎么用小号吹出来。这不是什么难事，但要下苦功夫才能吹好。我会教你什么是单舌音，什么是双舌音，什么叫三舌音。这些都是铜管乐的皇后，就像文法是智慧王国里的国王一样。"

约瑟接过羊皮卷，收进大衣里。

"现在，"他爸爸指示道，"下去吧，尽快回家。你下去以后，把灯放在矮塔的墙边就行。记住，一定要吹灭蜡烛。你妈妈正在等你，她可能会觉得很孤单。"

"才不会，我让伊丽莎白去陪她了。"

"上帝保佑她。不过，就算这样，你也要早点回去，晚上城里很乱。一定要尽可能跟着巡夜人，如果被问到为什么这么晚还在外面，你就说你爸爸是高塔上的吹号手，你有事来找他，现在正要回家。"

约瑟下了楼，将灯放在脚手架下，吹灭了蜡烛，然后顺着石阶摸索着来到高塔的小门。他用力拍了拍，看门人开门把他放出去。一踏上大街，约瑟就像风一般狂奔起来，一路跑回鸽子巷。

令他吃惊的是，大门打开以后，来开门的不是负责照看这里的老婆婆，而是她的儿子——这个人直到这时才露面。约瑟看着他在灯光下的脸，警惕地往后退了一步。他曾听爸爸说过，老婆婆是和儿子一起住的，他以为她的儿子应该还很年轻，甚至有可能是个小孩儿，却没想到是个中年人。而且，与其说老婆婆的这个儿子是人，还不如说他是个怪物，因为他身材干瘦，脊背还佝偻着，头发长得已经遮住了眼睛，手指干枯得像鹰爪。他的双颊凹陷，眼睛从空洞的眼眶里鼓出来，好像不敢见光似的。他提着灯

走在约瑟前面，像猫一样贴着墙走，不愿走空地。他那躲躲闪闪的样子，看起来似乎永远在提防着有人从背后偷袭。

他走到楼梯口的时候，停了下来。

约瑟刚要绕过他上楼，这个怪物却伸出手拍了拍他的肩头。约瑟听到了长指甲划过他衣服的声音。那一刻可真恐怖，那双手的指甲好像直接划在他身上一样，他的额头渗出了冷汗。

"你想要什么？"

"一点小意思，一枚硬币而已。"怪物小声说道。

约瑟放下心来，爽快地给了他一枚铜币。

"好孩子——真是好孩子。"他咕咕哝哝地说，"愿上帝保佑你，愿上帝保佑你。等你挣大钱的时候，别忘了斯塔斯。斯塔斯就是我，住在那里。"他指着一楼敞开的门，可是约瑟连瞧都没瞧一眼，他的注意力全部被四楼炼金术士的阁楼吸引过去了，似乎有小小的火光从阁楼的小窗户里迸出来，有小小的火舌从打开的百叶窗里蹿出来——那扇窗户炼金术士一般不打开。火舌转瞬即灭，但在那一瞬间，已照亮了整个院子和周围的建筑物。

"嘿，"斯塔斯指着楼上说，"他们就是在那儿施法术，将人的灵魂从身体里夺走的……看，"这时又蹿出了另外一条火舌，比之前的还要亮，燃烧的时间还要久，"那是魔鬼带着地狱之火来到了人间……那个炼金术士克鲁兹就是魔鬼的仆人。我们中间有他们的一员，他更像是魔鬼，而不像我们……你懂我说的意思吗？"他举着灯凑近约瑟的脸，把约瑟吓得直哆嗦，"就是那个叫特林的学生！他就是个会和魔鬼做交易、出卖自己灵魂的人！我曾听见他半夜不睡觉，在院子那边的屋子里嘟嘟嚷嚷，又唱又叫。他是这里的祸害……好了，我要去睡了，祝你晚安。"说完，他进了开着的门。

7. 炼金术士的阁楼

约瑟实在太困了，那天晚上一走进自己的小屋，他就没有心思再去想阁楼上的火光，也没再去想那个斯塔斯神神叨叨的嘟囔了。第二天，他一直忙着上学，根本无暇去想别的。就这样，差不多一个星期后的一天晚上，他又遇到了同样的事。那天他像往常一样，陪爸爸去高塔上班，只是回来得早了些，于是他就在门外楼梯平台上站了一会儿。夜色如幕，他心满意足地看着星光下的屋顶、红烟囱与黑墙。伍夫趴在下面睡着了，可是睡得很不安稳，好像正在做噩梦。他的卧室房门旁的一个小窗中透出昏暗的灯光，这表示他妈妈还没睡，很可能伊丽莎白也在屋里。伊丽莎白今天早些时候说过，傍晚会下来陪妈妈。

在这醉人的静夜中，约瑟陷入沉思。像所有的年轻人一样，他特别想知道爸爸一路从乌克兰带来克拉科夫的、他如此看重的那个宝贝到底有多重要。它有可能是价值连城、能换来成千上万枚金币的宝石，但也有可能只是某个玻璃匠得意的时髦作品，值不了几个钱。可如果是这样，为什么杨·甘地修士又会那么在意，为什么那个野蛮的陌生人会那么想要得到它？又为什么在这种和平时期，他们一家人还要隐姓埋名，只在夜色的掩盖下出没呢？为什么——

唰！夜空中突然蹿起一束强光，吓了他一跳。这亮光他以前见过，就在与斯塔斯单独在院子里讲话的那一晚。只不过，这次紧跟着亮光出现的还有一声尖叫，似乎有人被火吓着了或烫着了。

上面一层楼梯平台的门突然被推开，跑出来一个白影。那白影匆匆忙忙下楼来，等跑近了，约瑟才看清楚原来那是穿着睡衣的伊丽莎白，披着白色的被单。

约瑟立刻开口，怕她下来以后会被他惊着。

"伊丽莎白，"他说，"是我，约瑟。楼上怎么了？"

"我叔叔……"伊丽莎白哭着说，"约瑟，我不知道他们在做什么。"

"我还以为你和我妈妈在一起呢。"约瑟吃惊地说。

"本来是的，后来我困了，她就让我回楼上睡觉。我的确睡了一会儿，就被他们很大的讲话声吵醒了，我还听见了其他古怪的声音。"她走到约瑟身边，"约瑟，我好怕，楼上可能出事了！那个叫特林的学生总是缠着我叔叔，今天晚上他很早就过来了，一直在屋里待到现在。我叔叔以前从来没有在晚上上过阁楼，他都会陪着我的。约瑟，我怕那个特林。"

"我明白。"约瑟说。

"他身上有股邪气。"伊丽莎白继续说道，"你都不知道，我叔叔自从认识他以后，就像变了个人似的，根本不理我。"

"晚上你都听见什么了？"约瑟问。

"阁楼上好像有人在使劲跺脚，我被吵醒了，然后就听见我叔叔说：'不行，那样会闹出人命的。'那个学生听了哈哈大笑，笑声很恐怖。后来就没人说话了，安静了很久。我就要重新睡着的时候，又听见有人说话，而那个声音我之前从来都没听过。我凭着直觉，认为那是我叔叔的声音，可是他的语气很吓人，吓得我出了一身冷汗。后来，楼上就冒出了火苗。约瑟，你能不能帮帮我，替我上楼去看看。不能让他们发现你，也别待太久。你就去看一下，然后马上下来，告诉我叔叔是不是安好，是不是还活着就行。"

"好的。但首先，你要进屋和我妈妈待在一起。如果你愿意，今晚还可以住在我家。明天我去问问我爸爸应该怎么做。"

约瑟敲了敲自家的门，没等恰太太出来开门，他就蹿上楼梯，在简陋的楼梯上伸手往上摸。他先是摸到上面简陋的楼梯板，然后又摸索着找到了扶栏。这里的台阶更加陡了，他扶着扶栏一步一步往上爬。的确，摸黑爬这种楼梯让人腿发软、头发昏，可是他凭借敏捷的身手还是爬到上面一层的楼梯平台，在这儿他可以通过开着的百叶窗的一角向内看。如果窗户跟往常一样是关着的话，就会看不清里面的状况。因为窗户玻璃并不平整，有一些小圆坑，不透明，嵌在铅制的窗格里。约瑟撑着楼梯扶手，伸着脖

子从窗缝往里看。他把一只脚放在最高一级的台阶上，做好随时开溜的准备，保证一旦被屋里的人发现他在外面偷听，就能马上逃跑。

他往屋里看的第一眼，就把他吓了一跳。只见阁楼棚顶上吊着四个紫铜大锅，锅里燃烧的滚油发出了耀眼的光。锅顶上方一层又一层地加放了好几块金属板，每块金属板中间都隔着一段距离，热气经过层层金属板后，会冷却下来，以保证房顶不会被火烧到。约瑟偷窥的窗口前方，吊着第五个大锅。这个大锅此刻是暗的，但刚才照亮整个院子的火光就是从这口锅里冒出来的。更确切地说，是炼金术士往炭火里面撒了一把粉状物，才使得它发出了那么耀眼的光。

阁楼比约瑟预想的要高，只有一个大房间，透过对面墙上的窗户就能看见该建筑外面的百叶窗了。一个大橱柜靠着那头的墙摆在正中。约瑟想，橱柜里一定放着克鲁兹最值钱的东西，因为柜门用锁链缠绕起来，中间挂了一把大锁。屋顶的横梁架得很高，比个子高的人身高都高，微微倾斜，但不像普通的阁楼那样是原木的，而是在外面涂了厚厚一层白色的涂料。

房间正中立着一个三脚架，架子上放着一个铁盆，盆里燃烧的东西正散发出刺鼻的气味。

炼金术士穿着平时那身黑袍，学生特林则穿着皮外套，两人肩并肩地坐在铁盆面前，看着盆里跳动的火焰发出五彩的光芒。

"你所说的那种实验办法，太耗费精力了。"约瑟听见炼金术士对特林说，"虽然我也很感兴趣，而且也知道它很有诱惑力，可是，毕竟这不是我所擅长的范畴。我是一名炼金术士，是通过各种物质的作用和反应来探寻真理的人。我将醋、糖和小苏打搅拌在一起，它们立刻就发生反应，创造出了一种新的物质。我将熔化的铅水、银水和铜水掺在一起，它们就会生成一种全新的金属。"

"这些变化难道不受天上星相的影响吗？"特林问。

"也受，也不受。我承认，潮汐是受到月亮影响的；丰收也要依靠季节，而季节有时候也可以看做天象的仆人。可是至于其他事物，我就不知道了。我的本业是炼金，不是观星象。这个问题，还是留给那些研究天象的人去解答吧。"

"可是人的命运和行为不是受到星星的支配吗？"

"这个问题你最好去向法师或者算命先生请教，如同你要问问他们，用猫爪、鹰眼和死人手指制成的可怕魔法究

竟是怎么回事一样。"

"可是，"学生固执地说，"你也一直在找长生不老的偏方，不是吗？"

"没有。"炼金术士说，"不过我承认我确实很好奇。如果世间所有的事物果真都要变化，那么只要我们掌握了逆转生命进程的法则，人就可以像慢慢变老那样返老还童。而且我并不怀疑能够找到返老还童者。然而，很多人一生碌碌无为，却一心希望通过返老还童重新来过，我可没有他们那么高的兴致。"

"那么，您是怎么看待点金石的呢？"约瑟注意到，学生在说这句话的时候，语气明显变得不一样了。特林的眼中闪着贪婪的绿光，拳头紧紧攥起。

"啊，"炼金术士回答，"这倒是个很值得探讨的问题。对迷信的人和无知的人来说，点金石就意味着可以用魔法把所有触碰到的东西变成金子，好比希腊神话里会点金术的迈达斯王。可是在我们这些搞研究的学者眼里，显然重要的是变成金子的那个过程，而不是用什么来变。"

"怎么做？怎么做？"学生凑过去，心急地问道。

"啊，众所周知，世界上的每样物质，比方说铜啦、纸啦，或者是玻璃啦，都有自己的特质。我们的知识之父阿基米德，不是曾经证实过这一点吗？他把不同的物质丢进水里，发现溢出来的水并不一样多。金子是物质，铜也是物质，两者在火、气、水、土这四样元素的作用下都会变化。火主消解，水主颜色，气主软硬程度，土主物质的亮度。如果我们破解了这些元素之间的相异之处，那么将铜变成金，将金变成铜，都不是不可能的事。"

"那你为什么不坚持研究下去直到发现那个秘密呢？"

炼金术士长长吸了一口气。"唉，因为令我更感兴趣的事太多了。我虽然是个炼金术士，可也对物质背后的精神问题感兴趣。我想知道生命是不是也是一种物质，人和人之间的区别是不是与物质同物质之间的区别一样；我想了解地球的秘密，破解天空的信息，探索灵魂的玄机，以及怎么去帮助和拯救那些生来畸形的人们的灵魂；如果可能，我还想研究土壤的成分，四季构成的原因，星星为什么会发光，汹涌的海浪又是怎么回事……上帝赐予我探索真理的头脑，当我用双手努力挖出尚未被探知的真相时，我才觉得是在遵照他的意愿。"

特林坐得更近了，嗓门压得非常低，但约瑟隔着窗户还是听见了。

"傻瓜，你真是个傻瓜，克鲁兹阁下。"特林说道，"没

想到我们当中最具天赋的学者和炼金术士，居然把时间浪费在这些追求上面，更伟大的事情触手可及也不知伸手去拿。"

"你是说——"

"你知道我说的是什么。你和我尝试的事，是世人还未知晓的。"

"我知道，可我拿不定主意。你努力劝我做的事，有些是我所不愿的。不过在这方面，你是老师，我是学生。我很清楚，你刚刚将我带进的那种恍惚状态，开我眼界，增我视听，让我接触了那些平时根本没机会接触到的东西。可这些实验虽然迷人，却可能对人有害。我知道，在德国的纽伦堡和黑森林，也有其他人在尝试。可是在克拉科夫，我们对此一直保持警惕。"

炼金术士看着面前的火。特林坐在他旁边，对他的这番话报以一副邪恶的神情。约瑟看了害怕得直发抖，他的脑中瞬间浮现出一个词——魔鬼。特林就像是从黑暗中爬上来的魔鬼，处心积虑地诱惑别人，想让别人成为他的牺牲品。

邪恶的表情一闪而过，特林又开口道："克鲁兹阁下，我的纽伦堡古镇上的老师们曾经教导过我，说人其实有两个大脑，其中一个主宰智慧、力量与权威，可是人们却不知道它的存在，只有在我刚才带你体验过的催眠的时候才会工作。另一个大脑则主宰人们的日常生活，通俗来讲，就是指挥我们的吃穿住行。这一个层次相对低等。"

"这些事你已经证明给我看了。"炼金术士说。

"那就用一下你高级一些的那个大脑呀！"特林命令道。

"用来做什么？"克鲁兹问。

"用来完成所有人的梦想——点石成金！"

他这句话一出口，约瑟立刻觉得后脊梁直冒冷气。

"金子对我而言并不重要。"炼金术士回道。

"很重要——很重要——很重要。"特林不断地给他洗脑，"你根本不了解点石成金的好处：只要我们掌握了这个奥秘，就可以成为大地上的霸主。我们可以住世界上最豪华的宫殿，拥有无数金银财宝，可以像最富有的商业巨子一样游遍欧洲。军队也可以由我们任意调遣，我们可以命令所有人，让他们按照我们的意愿行事。"

这一刻，特林已经忘记了炼金术士，完全沉浸在自己编织的美梦和欲望里。但是，当他瞥见克鲁兹的脸上没有什么反应时，他狡诈地换了一个角度继续劝说：

"想想看，到时候你能对炼金事业做出多么大的贡献！

这间小阁楼够你做实验用吗？你就凭这些简陋的工具，怎么完成你宏伟的梦想？你本可以成为波兰最伟大的炼金术士——有可能是全世界最伟大的！你可以有一个比这里大十几倍的房间，当做实验室，里面的设备应有尽有，随你想要什么。比起你发现的炼金术，东方的货品算什么，珍贵的宝石算什么，稀有的珠宝算什么？难道你对这些也不动心吗？"

这一次，他的话打动了炼金术士。"任何一个清贫的学者听了这些都会动心。"克鲁兹回答说，他好像有所顿悟，声调也高昂起来，"可是你认为就凭我，凭我那个你所谓的高等大脑，就能发现将别的金属炼成金子的奥秘吗？"

"当然可以！"特林激情澎湃，差点从椅子上跳起来，"只要你不再坚持做一个乏味的学者和傻瓜，愿意夜以继日地攻克这个宇宙难题。金子——金子——金子——这才是人人都想要的。有金子，就有成功，那些自诩高尚和大公无私的人全都是伪君子，全都是为了欺世盗名而已。有些人甚至连自己都骗了。啊，有了金子，想想你能给你侄女做什么，可以给学校的学生做什么，你还可以将克拉科夫大学，甚至是整个波兰王国，变成世界上最伟大最有魅力的地方！"

克鲁兹陷入了沉思。就连约瑟这样年轻、阅历尚浅的人都知道，特林已经将有毒的邪念灌输进了炼金术士的大脑里。是的，此刻克鲁兹对照特林给他勾勒的美好未来，发现自己目前的生活确实黯淡穷酸。他不仅仅是穷，而且还很愚蠢，他本可以过上更好的生活，可以提供给他爱的人更优越的生活，只要他点头就可以。他之前的想法都太清高，太不实用，太过理想主义了，他一直努力去撷取知识王冠上的每颗珍珠——是的，他过去就是这样一个迂腐穷酸的学者。

　　他一想通这些，便全盘认同特林了。"你说得对，我想明白了。"他说着重重地叹了口气，"正如你所说，只要我们掌握了那个奥妙，就可以征服大地。有了金子，我们可以完成所有的愿望。我们可以帮助那些困境中的人，可以医病救人，可以消除整个王国的贫穷……是的，就是这样，这是一个光荣的使命。我们今晚再试一下？我还需要再次接受你的催眠吗？"

　　"不了，"特林已经达到了目的，"时间很晚了，今天的实验就到此为止。而且刚刚才催眠过，这么短的时间内再接受第二次，成功的几率恐怕不大。明天我们再试一次，那时我们两个都缓过来了……不过今晚真奇怪，你处于深

度催眠状态时，曾说这附近有所有占星师、所有炼金术士和法师寻求了几个世纪的东西，我还以为我们就要有重大发现了呢。"

"唉，可惜我被吵醒了。"炼金术士说。

"是的，我们真不走运。"特林尖酸地说，"就在要有重大发现的前夕，你的美梦刚好被一声尖叫惊扰了。而这声尖叫，刚巧是你睡在楼下的好侄女发出来的。"

"伊丽莎白？"炼金术士立刻担心起来，"她为什么会喊？"

"因为你好像做了噩梦，你高喊着身边有恶魔想要杀了你，那是一种发自心底的尖叫——然后你再说话的时候，嘴里就像含了一个钟摆。"

"我没有回应她吗？"

"没有，你后来就坐在椅子上睡着了，属于自然入睡。我再问你问题，你都不回答了。"

炼金术士揉了揉眼睛。"说实话，我现在也很困。"说完，他又有些疑惑，"我那句话是什么意思呢？我不知道这附近有什么宝贝呀。一楼只有一位老婆婆和她半傻的儿子，我总爱用火吓唬他；然后就是二楼，住了三个最近才来的难民，也没什么钱；院子那边就只有你和两个穷学生。这些人都不像是有钱的样子……好吧，也许你说得对，今天晚上确实差不多了——"约瑟听到这里，急忙溜下楼去。

8. 纽扣脸彼得

　　火热的夏日已过，现在已是秋天。维斯瓦河的水位随着气温一路下降，现在只剩下窄窄的一条带子，两岸的草地也日益枯黄起来。树叶由绿转黄，鸟儿已经做好准备，一旦第一丝寒风降临，就立刻起飞前往南方。草原上每天都有马车往返，乡间每个谷仓和货仓都堆满了干草。秋熟的蔬果相继上市，比如第一批采摘下来的苹果、金灿灿的老倭瓜和晚熟的卷心菜。天空蓝得深邃、精致，世界上任何一个地方的天空都不会有克拉科夫上方的这般澄澈，也没有任何一个地方的阳光会像这里早秋的阳光一般灿烂。

石楠花凋谢，人们开始收获大麻的时候，约瑟已经将《海那圣歌》的旋律铭记在心，甚至还能用他爸爸的小号吹上一小段。有一次，他还在高塔上吹过。那天晚上，他爸爸吹完了西、南、东三面，把他叫过来，让他吹完了朝向北面的最后一次。小女孩伊丽莎白的乐感比约瑟的好，很快便记住了约瑟演奏的旋律。她不仅能哼唱，还能将曲谱默写下来，有时写在墙上，有时写在羊皮卷上。

一天晚上，伊丽莎白去找约瑟的妈妈——她现在下来得越来越勤了，因为炼金术士和特林又投入了新的实验中。约瑟突然说：

"用不了多久，我就可以独自吹完所有的方向了。"

伊丽莎白用手托着下巴，这是她思考时常用的姿势。她很严肃地说："我一定认真捧场。现在，每当半夜醒来发现家里没人的时候，听听圣歌能让我安心不少。"她又压低

嗓音："约瑟，你知道吗？我总觉得我叔叔好像被附身了。"

约瑟惊讶地瞪大眼睛："附身？被谁？"

"我不知道。但他肯定不是他自己了。倒也不是说他丧失了神智，完全不是。他还和以前一样智慧、善良，只是，他现在总是待在阁楼上，除了楼上的东西以外对任何事物都提不起兴趣，不关心我，也不再关心其他的朋友。他有一个学生叫约翰·特林——"

"对，我知道。"约瑟马上回答。

"他每天晚上都和我叔叔一起躲在阁楼上。有时候，他们还会一直待到天亮。他们说的话都很奇怪，有时候我叔叔还会大叫起来，好像很痛苦。那天晚上我求你上去看他们的时候，你也听到了。总是那样。"

"我把我偷听到的事告诉了我爸爸，"约瑟说，"爸爸只说这不关我们的事，还说你叔叔是我们的恩人，知道自己在做什么。所以，他不让我再去偷听了。爸爸说你叔叔是一位伟大的学者，他现在所做的事，可能会为他赢得声誉。"

"啊，但愿吧。"伊丽莎白忧心忡忡，"但是我更爱过去的他。"

从那以后，伊丽莎白和恰先生一家相处得越来越融洽，就像一家人一样。一到下午，她便常常抱着针线活儿下楼，坐在恰先生家的大屋里，一缝就是几个小时，有时和恰太太闲谈两句，有时自己哼着小调。等到约瑟放学回来，两人便一起出去，看看城里有没有什么新鲜事，看看新来的商队、街头表演的人、一队队的骑兵和卫兵，列队行进的行业协会。两人有时也会出城去看肥沃的黑土。鞑靼人的大狼狗伍夫，跟在他们身前身后跑来跑去。他们去看过卡兹米尔的老犹太村，上过维斯瓦河西边放下的城堡吊桥，去过一个老教堂，据说曾有一位圣人斯坦尼斯拉斯在那里的祭坛上遇害，还去过传说中葬着老国王的高冢。趁着风和日丽，秋高气爽，他们还去了许多其他好玩的地方。

一天傍晚，他们走到了圣母玛利亚教堂的双塔前。看门人放他们从小门进去，两人一路爬到了楼上的房间。值白班的那个号手在里面，晚上恰先生便是接他的班。号手看见有伊丽莎白这样的小美女来探望他，觉得脸上有光，于是滔滔不绝地讲起了这座教堂从建造之日起所经历的许多故事。

约瑟拿起他爸爸放在桌子上的小号，说："等我第一次吹完四个方向的时候，你一定要仔细听，看看我有没有地方吹错。"

"好。"

　　"如果我出了一个错，我就把我的帽子送给你；如果出了两个，我就把伍夫送给你。"他说完笑了笑，突然冒出一个孩子气的想法，"但是，如果我能够一口气吹完，而且吹到休止符的地方也没有停，那你就得去找杨·甘地修士了，让他去找卫兵，因为我肯定出事了。"

　　"这是什么意思？"伊丽莎白语气一如既往很严肃，尽管约瑟面带微笑。

　　"你听说过有关《海那圣歌》的传说吗？"

　　"听过。"她答道。

　　"那你也知道，鞑靼人烧毁这座城的时候，那个吹号手是怎么履行自己的誓言，一直坚持到最后的了？"

　　"是的……他很勇敢。"

　　"所以——"约瑟喜欢看伊丽莎白瞪大了蓝眼睛，"总有一天会有人在夜里攻打这座城——可能是鞑靼人，也可能是十字军——烟火缭绕之中，我会远远地看见他们冲过来，会听见他们冲杀时的呐喊声和铁蹄声。那天晚上，这里会只有我自己，因为我父亲和别人都不会在这儿。我发现了敌人，必须发出信号，可是我又不能离开岗位，那个信号会传递给一个能向全城人发出警报的人。那时候，我就要吹起《海那圣歌》，区别就是我不会在休止符的地方结束。你知道，本来也不应该在那里结束，我会再往下吹两到三个音符。"

"太棒了。"伊丽莎白兴奋得双颊通红，喊道，"如果我听见你吹的圣歌没有在平时的地方结束，我就立刻跑去找杨·甘地修士。"

"来看看外面的景色吧。"约瑟有点不好意思，就换了个话题，他没想到伊丽莎白居然会拿自己的玩笑话当真。她并没有像他想的那样，一笑了之，反而乐在其中。一般，年轻人只有在和重要的人拥有秘密约定时，才会做出这种反应。那么，其实在伊丽莎白心里，约瑟已是很重要的人了，这不仅仅因为他会吹小号，也不仅仅因为他在教会的附属中学上学取得学业上的进步，最主要的是，他比同龄的男孩要稳重许多。

他们俩趴着小窗户向外望去，右手边是圣弗洛里安街，街道的尽头就是城门和教堂。那一年沿着城墙正在建起新的瞭望塔，从圣母玛利亚教堂可以望见离弗洛里安门最近的两座塔。城里的每个行业协会都被指派负责一座塔平日的修缮，战时还要负责守护。木匠协会和裁缝协会分到了这座城门旁边的两座塔。这两座塔和教堂之间有大宅，中心是高大的围墙，只在白天允许有人进出。里面驻扎着卫

兵和军队，这会儿他们有的干活，有的发呆，有的彼此玩闹，还有的用节杖互相敲头，也有人在练习击剑，或是将鸽子捆在房梁上练习射箭。

虽然已经接近傍晚，圣母玛利亚教堂脚下的集市还依然熙熙攘攘。农夫们都准备处理掉手中的存货，早些回家。在纺织会馆的拱门底下，仍然有许多人从一个摊位逛到另一个摊位，挑选着这些从东方或者南方运来的花边、绣品和上好的丝绸。在纺织会馆后面，能够看见市政厅的高塔，前面有两个带枷锁的倒霉鬼正在被众人嘲笑，忍受着别人投来的泥巴块或是烂菜叶。左手边高高的尖顶是方济会教堂的。约瑟和伊丽莎白又跑去朝南的窗口，那里能够看见老安德鲁教堂两座一模一样的塔。远处是瓦维尔山上伟大的城堡，皇宫和大教堂都沐浴在斜阳的柔晖里。

两人从高塔上下来，穿过集市广场的时候，地上已经投下长短胖瘦不一的墨蓝色影子。大宅外的空地上，人影也越来越多，身穿黑色学生服的人走来走去，看上去也很像影子。这些投影都涌向同一个方向，约瑟和伊丽莎白被人群裹挟着跟了过去。他们并没有抵抗，因为他们也很好奇究竟是什么令学生们这么激动。

黑色的身影越聚越多，约瑟和伊丽莎白被左推右挤，直到圣安街学生宿舍前一个便于观看的地方才停下来。宿舍楼建得从街边凹进去一块，前面有一个场院，铺着草皮，中间立着一尊卡兹米尔一世的石像，克拉科夫大学就是这位国王建立的。就在这里，在石像的基座上面，靠近卡兹米尔一世坐着的宝座，站着一位身穿教师服的学者，他正用拉丁文对着下面的学生演讲。

"我今天已经听过他的演讲了。"约瑟对伊丽莎白说，"他是一位鼎鼎有名的意大利学者，来这里读伟大诗人的作品，也背诵了自己诗作的几个段落。他谈论过名叫但丁和彼得拉克的诗人，还说总有一天一种新学问会成为世界的主流。他说人们在黑暗中待得太久了，自从罗马帝国消亡之后，世界已沦为一片蛮荒，只有当人类学会用母语思考和写作，这一切才会好转。"

"你听得懂他说的话吗？"

"差不多。他说的是拉丁语，我们学校的老师、神父和学者都讲拉丁语。我八岁时，爸爸就开始教我，从那时起我一直在学拉丁语。起初我一点都不感兴趣，因为语法规则很多，时态也很多。后来我掌握一点以后，它让我进入了世界上最令人骄傲的一个群体，我就有一点点喜欢它了。我在这里上学的几个月，学校老师也都讲拉丁语，我真希

望自己有一天也能说得很流利。不过，现在我已经能听懂不少了，虽然不是全部。"

"那，为什么这个意大利诗人要选择来大学里做演讲？"

"他可能、大概，认为这样可以在某种程度上引发讨论吧，因为学校里有很多老师不喜欢所谓的'新学问'。我们过去学的也是伟大导师亚里士多德的学问，可是从来没有读过他用希腊语写的原著，看到的都是翻译成拉丁语的了。老师教的许多文章甚至是几百年前的老观点，可是没人愿意改变他们的方式。"

这时，意大利学者开始朗诵自己用拉丁语写的诗篇。还没等他读完，在一片欢呼声中，一名波兰学者爬上了雕像的基座，朗诵起自己用波兰语写的诗篇来。

"为什么他们不全都用波兰语？"伊丽莎白问，"这样大家都听得懂。如果我是诗人，我才不会用那么古老的语言写作——除了几个学者根本没人听得懂嘛。我要写波兰，写波兰的花儿，我要写高塔上的吹号手，写瓦维尔城堡后面那片蓝蓝的天。真的，我喜欢你说的这种新学问。"

约瑟只是笑了笑，不知道该说什么。

"而且，"伊丽莎白继续说，"为什么女人不能像男人一样参加新学问的研究？为什么所有的诗人、学者和学识满腹的人写的作品，只能由男人来看？我也想读那些作品。"

她表情严肃，说得一本正经。约瑟起初听了觉得很好笑，可是看见她那副认真的模样，便笑不出来了。

"你说得对。"他最后说，"我不知道为什么你们不能像男人一样念书写字，我只知道大学从来不收女学生。"

约瑟和伊丽莎白穿过圣安街旁边的一条短巷回鸽子巷，根本没有注意到身后不远处的一所房子的扶壁后边，躲着两个人。这两个人都身材矮小，其中一个驼背得很厉害。驼背人把一根瘦长的手指放在嘴前，说：

"嘘……就是那个男孩。"

另一个人吃了一惊，飞快地转过身，看上去有些困惑，问道："你说这孩子是什么时候来的？"

那个驼背的男人正是斯塔斯，是住在寺院里的老婆婆的儿子。他说出了一个日期。

"那就是他了，错不了。"另一个人说道，"那天我见到他的时候，他身上因为长途跋涉而脏兮兮的，像个乡巴佬。今天换上一身天鹅绒的衣服，倒真有几分王孙贵族的样儿，还戴着学士帽。只可惜，身材是变不了的。你说他就住在你楼上？"

"是的，他用的姓是科沃斯基。"

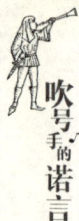

"嗯……我认识他的时候，他还姓恰尔涅茨基……现在，你，仔细看着我——看见这枚金币了吗？是纯金的哟，足金，可以买很多好吃的，还可以买很多好酒。现在它是你的了，这是你应得的。"

斯塔斯看着陌生人将金币放进自己的手里，激动得差点喊出声。

"不过，你必须记住：这件事不能让第三个人知道，只能你知我知。事成之后，我还会有大量的金币赏给你，就和你手里的一模一样。现在给我带路，去他们住的地方。"

他们一路尾随，看见约瑟和伊丽莎白站在院子门口。

"到了，就是那儿。"斯塔斯说。

"很好。你看着他们，有情况随时向我汇报。我每天下午三点，都会去金象客栈。注意，到了客栈不能跟别人说你要找我，你只能当面跟我说。今天晚上要拿灯照一下那个人的脸，有大笔的赏金在等着你，记住了吗？"

斯塔斯点点头。一想到金子，连他的肩膀似乎都会笑。他走进院子，立刻回到自己的房间。

与此同时，那个陌生人兴高采烈地走回客栈，在桌旁坐下。他心里乐开了花。真是出人意料的好运气，居然又让他找到了恰先生一家。确实是撞上大运了，如果不是斯塔斯告诉他，约瑟就是那个只有晚上才出去的神秘人的儿子，而他几个星期前又刚好因为马被他赶走的缘故，好好看过他，不然就算两个人在大街上打个照面，他也不会认出他来——眼前坐在这里的，正是曾自称为史蒂芬·奥斯特洛夫斯基的那个骑手。

他坐在客栈里陷入了沉思。那天的骚动过后，恰先生一家就下落不明了，哪里都找不到，就好像大地裂开，把他们全都吞进去了一样。克拉科夫城里其他姓恰尔涅茨基的人都不是他要找的。他心想：我失去的不止是他们的音讯，还有在乌克兰向我招手的城堡和成箱的金子。俄国的伊凡大公曾经亲口答应要将这些赏赐给我。我也回乌克兰找过，也是音讯全无。我的人甚至快马加鞭，一个城市接一个城市徒劳地搜索过他们。不过，一直有个很小的理智的声音在我耳边说："回这儿。"

他握拳重重地砸了一下桌面。"我可是人送外号'恐怖巴丹'的巴丹·格罗兹尼。"他叫起来，"人们之所以害怕我，就是因为我有头脑！这次行动以幸运开始，一定会成功的。一旦我拿到我要的东西，那个波兰人就要为他在克拉科夫城门前羞辱我的举动付出代价。"他一想到那天的事，眼中便露出凶光。

这时，一个乞丐出现在他眼前，打断了他的思绪。乞丐脸上缠着脏兮兮的绷带，在客栈里一张桌子接一张桌子地走过去，用悲切的语气讨要施舍。

等乞丐走到身前，这个恐怖巴丹朝着向他伸过来的手扔了一枚硬币，小声地说："你今天来迟了。"

"请原谅我，主人，我还以为能打探到消息呢。"

乞丐原本以为会挨一顿揍，一幅畏畏缩缩的表情，结果恐怖巴丹只是微微一笑。

"没关系，事儿已经办成了。"他小声地说，"今天晚上，你快马加鞭连夜赶去塔尔努夫，让我的兄弟把四处追捕的人带过来。来回可能要走三个星期……总之一定要快，要赶在头场雪之前回来。"

乞丐接到命令，不动声色地悄悄走出客栈，和来时一样不引人注目。他用乞丐走路的方式沿着集市西侧的街道走。随后突然闪身藏到一间屋子的扶壁后面，迅速撕掉脸上的绷带，接着拼命地向街道尽头的城门跑去，想赶在天黑卫兵上岗之前跑出去。他出城后，顺着路一直往下跑，来到一间小农舍后面的马棚里。他找出自己来时所骑的马，和农舍的主人打了声招呼——农舍的主人似乎对他的举动心知肚明——他骑上马朝着前方的桥奔去，再往前就是通往塔尔努夫的大路。

客栈里，恐怖巴丹仍然盘算着。那个自称斯塔斯的丑陋驼子真是个下凡的天使，他心想，我经常注意到他和所有的乞丐都打成一片。我甚至在见到他的第一眼，就明白了这个人可能会派上用场。所以，我才友好地买了一杯酒给他喝，才一杯下肚，他就吐出了那个新上任的吹号手从来不值白班的事！

就算换上了天鹅绒的新衣，这个男孩就是那天那个错不了，那他爸爸肯定也错不了。何况他们一家也是三口人，出现的日期也对得上。今天晚上，等吹号手出门的时候，斯塔斯会举起灯笼照亮他的脸，到时候我就躲在附近，好看个清楚——其实这么做已是多此一举了，事实已经明摆着了。我的人再有一两个星期就能到，到时候就可以一举将他们拿下。

想到这里，恐怖巴丹的脸兴奋得发白，只除了脸颊上那个像血块一样的纽扣疤。

看看到了那一天，那位令人尊敬的恰先生会怎么说。他想着，咯咯地笑出了声。当恰先生得知站在他面前的人居然是巴丹·格罗兹尼，他会怎么想呢？要知道，我纽扣脸彼得在乌克兰可是无人不知无人不晓。我告诉他的假名

也不错——奥斯特洛夫斯基！海乌姆的奥斯特洛夫斯基家族倒真是高贵，还曾经骂过我是奴隶哩。

确实，纽扣脸彼得，在乌克兰可是个让人闻风丧胆的名字。这个绰号是一个波兰人给他起的，他的真名叫巴丹，哥萨克人管他叫格罗兹尼，或是恐怖巴丹。他出生于一个野蛮的家族，母亲是鞑靼人，父亲是哥萨克人。过去十年里，边境线上的每一个见不得人的勾当都少不了他的身影。他烧毁的房屋不计其数，死在他手下的男男女女更是惨不忍睹。他手下还有一群地痞流氓，只要他一声令下，立刻就能聚集起来，杀人放火无恶不作。

可无论是在波兰还是在莫斯科，当地的权贵却并不因此而轻视他，因为他们也有不法的事需要有人来做。权贵们不方便自己露面时，就雇他去完成那些见不得光的勾当。鞑靼人的大可汗甚至派他做过钦差。他的名字在边境线两侧都颇有分量，就连在波兰也有人听他差遣。

现在乌克兰这块地盘，是在一百年以前立陶宛的亚盖洛家族和波兰的雅德维加家族联姻之后，才并入波兰版图的，俄国和波兰为了争夺这块地方，用尽无数阴谋阳谋。俄国大公早就眼馋这里，因为在拜占庭王朝时期，乌克兰的基辅就是俄国的首都，他早就计划，一旦时机成熟，便立刻将这里从波兰人手中夺回。在这种大背景之下，许多人都和恰先生一样，一夜之间家财四散，甚至家毁人亡。而像恐怖巴丹，或者换成波兰人熟悉的称呼——纽扣脸彼得，这样的人很多，他们时刻准备着将别人的财产据为己有。

　　然而，恰先生一家人还不知大难即将临头，仍然平静地享用着晚餐。

9. 纽扣脸彼得的偷袭

寒意在十一月末的时候降临，波兰人习惯将十一月称为叶落月。村里的穷人开始为入冬做准备。人们在木屋顶上加铺一层茅草，将沙子高高地堆在房屋的外墙旁，所有漏风的地方都用泥土、树枝或石块堵住,桌下和椅下塞满了木柴和煤炭,天花板上挂起成串的蔬菜干、蘑菇干和香肠。猪啊鹅啊还在户外乱跑,但是等到第一场霜下来,就要将它们赶回室内的"黑屋"或是大房间,和人们待在同一屋檐下。天气还不算太冷的时候,全家人还可以挤在"白屋"或是小房间里睡觉。但等到房顶有了积雪,天气太过寒冷,夜里甚至能听到树被冻裂的声音时,所有人都要回到只有壁炉没有烟囱排烟的黑屋里过夜了。

在城里,有钱人开始盖起意大利式的高砖炉,但是大部分人都只能依靠壁炉的炉火来取暖。第一场霜降下来之后,男孩子们东跑西颠地拿着烧红的炭,准备升起第一把炉火。圣母玛利亚教堂的高塔上,吹号手要时刻睁大眼睛,查看家家升起壁炉的城里,有没有人家着火,以便在第一时间发出警报。有许多个失火的漫漫长夜,消防队长带领他的手下都是在奋力扑火的过程中度过的。

就在上星期三,下了一场小雪。下雪时,刚好是恰先生出门去教堂值夜班的时候。他走在良夜无人的街道上,心里想着:到现在一切都还算顺利,儿子在学校表现出色,妻子也过得幸福满足,我的收入足以供养他们,希望不久之后就有机会面见国王,献上宝物。不过,这个愿望似乎

不太容易实现，因为国王要么就还在北方忙于安抚招兵，要么就回到雅盖沃王朝的老家维尔纽斯，或是去了乌克兰臣民居住的狮城利沃夫了。

就算国王回到克拉科夫短暂停留，恰先生和杨·甘地也仍然排不上号。排在他们之前要见国王的人太多了：有前来进献波西米亚王冠的捷克大使，有罗马的使团，有意大利的学者，有要求签订合作条约共同抵抗胡斯教徒的条顿骑士团，还有其他各种各样的大人物。

不过，恰先生并没有过于担心这种等待，因为谒见是迟早的事。早在夏末的时候，杨·甘地就已经向皇宫提交了请愿书。国王传信给这位正派的学者，说一有机会，就会第一个召见他。再说，恰先生已经将宝贝藏在一个他认为最安全的地方了。

就在恰先生走出鸽子巷几个小时以后，门外就传来一阵梆梆的砸门声。被吵醒的斯塔斯一打开门，就立刻习惯性地举起灯笼照看来者是谁，结果马上挨了一拳，被打趴在雪地上，下巴在厚厚的雪上戳了个坑。

"你要想保住小命，就别再有下次。"来人小声地说着，捡起掉在地上的灯笼，又把斯塔斯拉起来，"蠢驴，你是想让别人看清楚我的模样吗？如果我被巡夜的人抓住，你也逃不了。不让别人看见我们碰头也是为你好。都准备好了吗？"

"是的。"斯塔斯可怜兮兮地回答。

"现在里面都有谁在？"

"呃……顶楼就是一个带着侄女同住的房客，然后就剩下那个小男孩和他妈妈了。"

"那几个学生呢？"

"他们去匈牙利人的宿舍讨论问题去了，有时候天亮才回来。"

"很好！那我们就没什么可担心的了。这样的话，带十二个人就足够了；四个去搜恰先生的房间；有必要的话，再派四个去对付别的房客；剩下四个留在这里望风。万一有巡逻兵来碍事，就干掉他们。"

"你能看清楼梯吗？"

"可以，他们住在——"

"楼上。"斯塔斯说着将他们领上楼。来人觉得脚下的楼梯在摇晃。

"走路都轻着点儿，"来人小声地说，"这楼梯看样子随时会塌。"

这时，一条狗在院子里狂吠起来。

"怎么回事？"来人转头看着斯塔斯，"你没说这里还有

条狗！"

"用链子拴着呢。"斯塔斯回答，"金子你能现在给我吗？"

"拿去。"来人丢给他几枚金币。斯塔斯贪婪地接住，在黑暗里抚摸着。他掉在地上的灯笼被来访的人捡起来之后，一直拿在手里没有还给他。

"还有吧？"斯塔斯不满地嘀咕着。

"混蛋！"来人终于控制不住脾气，"剩下就只有这个了。"他说着用空出来的一只手猛地掐住了斯塔斯的喉咙，手指深深地陷进了肉里。斯塔斯挣扎了两下，根本无法从这铁钳一样的手里挣脱出来，最后还是来人主动放开了他。

"下回别再让我听见这种话，"来人警告他，"否则你有可能就直接去见上帝了，也有可能是下地狱。听着，傻瓜，我只说一次——如果今天事情顺利，我再给你双倍的你已经拿到手的报酬；可如果你敢出卖我，或者再做什么蠢事，那你得到的可就不是金币了，而是你做梦都梦不到的可怕惩罚！"

斯塔斯掉头往下走，陌生人也跟着下了楼。

"记住，"这是他的最终警告，"两点钟准时给我们开门，你的活儿就算完了。"

当天晚上，炼金术士克鲁兹正巧一个人在阁楼钻研。

他刚刚完成了一个实验，正想挑战难度更高的实验时，突然被院子里的狗叫声转移了注意力。

"这是怎么一回事？"他心想。今晚没有月亮，狗不应该叫，院里也不会有房客引得它这么激动。

他飞快地用布蒙上灯笼，打开门往下看去。

院子里传来的窃窃私语，证实了他的怀疑，的确有情况。楼梯嘎嘎作响，像是有两个人正在上楼。这时又传来了一声非常痛苦的闷哼，他听出那是斯塔斯的声音。

然后又是一番嘀嘀咕咕的低语，接着响起了下楼的脚步声。

接下来炼金术士侧耳倾听，刚好听见了陌生人对斯塔斯发出的最后的警告。

他明白了，原来有人要搞鬼。不然，守门人不会在凌晨两点给正经的访客开门。

他回到房间，关好门，掀开盖住灯笼的布，思考着刚才所听到的话。那个陌生人是谁？他来找守门人斯塔斯有什么事？自己该怎么应对？要不要去知会一声巡夜的人？

也许只是我小题大做而已，他最后得出结论。没准他们两个说的是明天下午两点。再说，我自己又没有什么东西好让人抢的。想到这里，克鲁兹打量了一下阁楼，似乎

又开心起来。他看着房间咯咯地笑了一会儿，又投入到了研究之中。

这个实验很有难度，非常花心思，他全神贯注地做了一个多小时。实验完成后，他小心地记录着实验结果，不觉又想起了斯塔斯和那个神秘来客。夜深人静，这件事似乎变得严重起来。

他突然跳起来，点燃了两个大锅，然后熔了点橡胶倒进其中一个，另一个大锅里则煮着某种液体。十五分钟以后，他熄掉火，拿出锅里面的物质。他用小刷子分别蘸了蘸两样物质，涂抹在挂在墙上的学生服上。然后他找出做实验时用的防毒面具，刷上了同样的东西，里面橡胶的成分让面具表面变得黏糊糊的。

"我在上面涂了浅绿色的荧光剂，"他对自己说，"夜晚的天空都不会比我更明亮。"

他又坐回椅子去等，闭上眼睛试图把这件事想明白。这件事会是什么意思呢？他心想，斯塔斯当时领着那个陌生人站在恰先生的门前。恰先生一家究竟有什么秘密？为什么一定要隐姓埋名？什么人才会向这样普通的一家人寻仇？伊丽莎白刚刚才享受到母爱，这一家人也是我的好朋友。他们一穷二白，没钱没首饰，头一天到这里时，恰先生甚至卖掉了马和马车才筹到生活费。

炼金术士实在是太累了，一直睡得很少，想着想着就犯起困来。就在快要睡着的时候，他突然又惊醒了，原来是圣母玛利亚教堂的吹号手敲了两下钟，然后吹奏起了《海那圣歌》。第四遍圣歌刚刚吹完，他就听见院子里有动静——是斯塔斯偷偷摸摸顺着墙根爬去开门了。炼金术士悄无声息地打开房门，猫着腰伸头看去。院门打开的时候，发出了轻轻的吱扭的响声。有人进来了。炼金术士一边听着，一边在心里默数：一个、两个、三个——还有！借着微光，他隐约算出一共有十二个人，如果他没听错进来的脚步声的话。他心想，我应该去向巡夜的卫兵报告才对。可如果我现在大喊，巡夜人虽然会来，但是凭我和他两人会把命丢了。算了，我自己酿的苦酒，只能自己喝下。

下一段的楼梯开始吱呀作响，院子里立刻响起了狗的狂吠，打破了夜的宁静。

"别让它再叫。"炼金术士听见楼梯上有人说道。然后就是院里的脚步声，好像有人返回去准备制伏那条狗。就在这时，通往院子的大门关上了，还响起了哗啦哗啦的铁链声。

斯塔斯真是朵奇葩，炼金术士想，他明天一定会为此

付出代价的。

突然，楼下传来一声惨叫。不过并不是狗的惨叫，而是人的。哈哈，炼金术士心想，伍夫赢了。

有人从院子那头跑过来。"我还没靠近就受伤了。"他尽量压低嗓门，对这伙人的头儿嚷道，"他咬住了我的腿，疼得我差点晕过去。"

"你们三个一起上。"领头人发话。

楼下又是一阵哗啦哗啦声，伍夫疯狂的嚎叫和人痛苦的惨叫令这个夜突然变得很恐怖。这时，约瑟举着灯，出现在二楼门口。

"伍夫，伍夫！"约瑟喊道。

然后就没有动静了。

啊，炼金术士心想，他们一定是捂住了约瑟的嘴，或者往他嘴里塞了什么东西。

他猜得没错，领头人一下就制住了约瑟，往他头上套了一个布袋。

"进屋吧。"领头人冲楼下喊，"你们四个人去大门口望风；你们四个守着楼梯，不能让任何人下楼；剩下的跟我来。"

借着那头领从约瑟手中夺过来的灯笼，楼上的炼金术士看见了那头领的脸上有一块纽扣一样的圆疤。

"他不是鞑靼人，就是哥萨克人。"他在心中喊，"只有东方瘟疫才会让人的脸上留下这种疤。这些人还真是不远万里啊。"

他又猜中了。这群人就是波兰人所说的纽扣脸彼得和他从乌克兰招来的臭名远扬的手下。

下一秒，彼得领着三个人冲进了房间。炼金术士先是听见了女人的尖叫，紧跟着传来啪的一声，像是她被人推倒在地。然后又传来砸家具的声音、撕床单的声音，屋里没有一样东西逃脱被摧毁的噩运。他们这么粗暴，像是在找什么东西。这时，门开了，炼金术士得以清楚地听见楼下那些人的话。

"搜床上！"彼得命令道。

恰先生和恰太太睡的是大屋里的那张大床。利剑很快便把床单划成碎片。暴徒们割开了枕头，撕开了被子。等到床被毁得差不多的时候，领头人终于发现了要找的东西。

"就是这个。"他喊道，"那个大包袱，用布包起来的那个。"

他右手举着包袱，左手用剑划开层层包裹的布，一层又一层的包袱皮跌落在地上，直到最里面的东西露出来。就在他刚要跨出房门的那一刻，传来一声尖利的叫声："金子！我的金子！"

彼得像闪电一样转过身。"该死的狗东西——"

他说着举起灯笼凑近斯塔斯的脸，斯塔斯担心得不到告密应得的报酬而变得歇斯底里。

"金子！好呀，我给你！"彼得怒气冲冲地喊道，"来人，把他带下去喂狗！到时候我再看看该给他多少金子。"

两个人走上来架住斯塔斯，可是他疯狂地挣脱出来，冲进了房间里。第三个人马上冲过去拦住他，原来的两人也追上来抓他。斯塔斯那干瘦的身形在无力地反抗，可又被翻倒在地的桌子绊了一跤。那桌子是这群人搜恰先生的宝贝时踢翻的。斯塔斯抱着桌腿，乱踢乱咬，胡乱抡着拳头，气得彼得将宝贝放在地上，亲自动手。那三个人一看彼得过来，便松开了斯塔斯。

灯笼就在斯塔斯脚边，他见彼得晃着膀子朝自己走过来，急中生智，一脚将灯笼踢翻了。灯笼倒在地上的时候，门也被撞开了，蜡烛灭了。几乎与此同时，那群人又抓住了他，将他推搡到门前。

若不是这时楼上突然传来了一个女孩的尖叫声，他就会直接从栏杆上被扔到楼下去了。

"我真是受够了！"彼得喊着放开了斯塔斯，"本来这里就像湖水一样平静，结果不是小鬼就是傻瓜鬼哭狼嚎的。走，反正东西到手了，我们撤。"

　　他在黑暗中摸索着，往恰先生的床边走去，去摸索刚才放在地上的宝贝。就在这时，他的头顶好像惊起一声炸雷，门口出现了一道可怕的红光，像是从天上劈下来的，把所有东西都照得通红。

10. 魔鬼现身

彼得冲到门口，猛地停住脚步，惊得目瞪口呆。

红色的火球不停地从阁楼的窗户里冒出来，咔啦啦可怕地响着，将四周照得通明。借着光，彼得看见无论是守在楼梯口的那四个人，还是守在门口的四个，全都吓傻了。在他身后捉住斯塔斯的那几个人，看见火球也收了手，那个二百五斯塔斯趁机悄悄地从他们的腿边爬走，逃下楼去了。

彼得一时六神无主。要说打架，他是一等一的勇敢，可是面对神奇的法术，他却是个缩头乌龟。但他虽然吓得浑身哆嗦，可还留存一丝理智，明白自己若想保住在手下当中的威信，就必须做得像条汉子。所以他勉强鼓起勇气，噔噔噔地从二楼跑上了三楼，刚好又一个火球喷了出来。

"回来！回来！"他的手下在底下喊道。

"上来！上来！"他命令道，"你们怕个鬼啊？"

"上面就是魔鬼本尊！"

彼得在黑暗中挥动自己的哥萨克弯刀。"上来！上来！你们这群胆小鬼，上来，不然我砍掉你们的头。上来，我说，上——来！"

大家太怕他了，站在二楼的三个人只好在胸前画个十字，跟着他爬上楼。

"反正宝贝已经拿到了。"离他最近的一个声音颤抖着说，"我们赶紧逃命吧。这不是人，是魔鬼在作祟。魔鬼降临，人保不住魂儿的。"

"魔鬼？"彼得吼道，"一派胡言！你，过来，要有个男人的样子。这根本不是魔鬼，不过是个不想要脑袋的小丑。如果我们现在不去干掉他，那还没等我们出城，全城的人就都知道这件事了。"

"上去！"他喘口气命令道，同时将第一个人推上阁楼的楼梯，"上去，把里面的情况汇报给我。"

那人不情不愿地往上蹭，腿哆嗦得厉害，他相信楼上与他们对抗的是魔鬼的力量。

"门是开着的，"他小声说，后面的人把话传给彼得，"没有灯。"

"那就进去呀！"彼得命令道，"里面就是个人，你进去割断他的喉咙，然后快点下来就行了。"

其他人也都陆续爬上阁楼。彼得不耐烦地等了几分钟，不见有人下来，干脆自己进去一探究竟。

"你们有什么发现？"他急躁地问。

"什么都没有。"从阁楼的一角传来弱弱的回答声。

"如果有人，一定要逼他出来。"彼得吼道，他的声音好像被阁楼后部敞开门的橱柜吞进去了，"要是让他跑了，我们的麻烦就——"

突然，随着一道火红的闪电从阁楼顶上劈下来，一个发脾气的魔鬼幻化成人形，从黑暗中跳了出来。他的长袍冒着火，散发出硫黄的味道，同时冒出大量的黑烟。他缓慢地向前移动，挥着手里的权杖。他的权杖也冒着火，毕毕剥剥地响着，小火球不断地从杖尖掉下来。

他的出现太突然、太出人意料了。在原本一片漆黑的世界里，猛然冒出来这么一个浑身是火的魔鬼，任凭彼得胆子再大，也不禁尖叫出声，哆嗦得像风中的落叶。

彼得都直哆嗦，其他人更别说，早已经吓疯了。"救命呀！救命呀！"他们哭喊着争先恐后地往楼梯的方向跑去。

魔鬼跟在他们身后，左右挥动着权杖，火球不断地朝他们飞去。他们正挤在楼梯口，抢着要第一个下楼。其中两个在你推我挤的混乱中一齐滚下楼去，第三个紧跟着也滚了下去，刚好压在那两个趴在三楼还没站起来的人身上。

彼得却在楼梯口站定了一会儿，扭头向楼梯上方叫喊："我管你是人还是魔鬼，老子倒要看看你的真面目！"说着他挥舞弯刀冲了过去。那魔鬼只是往旁边一闪，朝着彼得的脸挥了一下手。

"哎哟！"彼得立刻痛得尖叫起来，像是有什么呛到了他的眼睛和喉咙，"救命呀！胆小鬼们，我被魔鬼抓住啦！救命，救命！"

下面除了抢着下楼的声音，什么都没有。

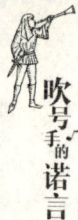

彼得只好摸黑下楼，简直就是滚下来的，生怕后面的魔鬼追上来，再给自己来那么一下。那魔鬼果然追了下来，可是没有再出手。他跟着那些逃跑的人慢慢地走下楼，挥舞着手上七彩的火球。火球在空中炸开时，院中又出现彩虹般的光芒。

此时楼下一片嘈杂，震耳欲聋。伍夫挣脱了套在头上的布袋，狂吠不止。彼得的几个手下吓得哭爹喊娘，完全忘了要小心不能出声的事。被扔进小屋的约瑟也已经踢松了捆腿的绳子，用力踢着小屋和大屋之间的木板墙。伊丽莎白哭着求救，周围的邻居们陆续从房间探出头来，看出了什么事。街上有人大声喊着警卫，斯塔斯一脱离险境，便毫无理由地扯着院门口的铃铛，给院子里乱上添乱。

在二楼的楼梯平台处，三个跑下楼的人撞上了守在那里的四个人，差点把他们也推下院子。几个人好不容易才站稳，可这时脚下早就呻吟不断的楼梯支柱终于再也承受不住超常的重量和走动，突然断裂，整个楼梯崩塌了，上面的人全都摔了下来，连同楼梯碎块一起掉在院子里。跟在那三人后面的彼得，及时跳进了恰先生一家的门槛，才得以幸免。可是那个浑身是火的魔鬼还站在二楼上方没有塌掉的楼梯上。彼得刚一转身进屋，魔鬼就从他身后猛地一扑，将他扑倒在恰先生家大屋的地上。

楼下的院子才像真正的地狱：倒塌的横梁和楼梯横七竖八地摊在院子里，惊恐的尖叫声和痛苦的呻吟声不绝于耳——有两个人被压在楼梯废墟底下，守门望风的匪徒再也无心看守，趁着巡夜的警卫还没来，匆忙地夺门而逃。

院里一片混乱，那个用化学制品和火药引发这一切的炼金术士，挥着涂了树脂的沉甸甸的权杖，凑近俯卧在地的彼得身前，逼问道：

"说，你在找什么？"

不过这时彼得稍稍有了点底气，况且这声音表明在他眼前的是一个人，而非魔鬼。"不说。"

"说！"

"就不说！"

"那我就把你交给巡夜的。"

"随你便，反正他们什么都问不出来。"

"先让我再好好看看你。"

他小心翼翼地从长袍的褶皱里拿出一个火球，弯身压住彼得，另一只手掐住彼得的喉咙。他把火球在地上蹭了蹭，点着了扔进石炉。房间立刻变得和白天一样亮。

可是，他竟然并没有看向彼得！因为房间里有另外一样东西，立刻吸引了他的目光。那就是彼得从恰先生的床上搜出来的大圆球，它就放在不远处的地上，散发出了好几千个最好的玻璃棱镜才能折射出来的耀眼光芒。

"哦，"炼金术士兴奋地喊道，"哦！原来是它！好吧，强盗先生，看来你的任务非比寻常啊。并非寻常的打家劫舍……待着别动，不然我就掐断你的气管。"他这么说，是因为彼得趁他分心时，想要挣扎着滚到一边。

"谁派你来的？"炼金术士问。

彼得一声不吭。

"由不得你不说。你听见楼下的动静了吗？"

楼下传来巡夜人的喊声："我以国王的名义命令你们，不许动。"

可彼得此时已经完全恢复了勇气，他确认和自己打交道的是个人而不是魔鬼，决定使出一个脱身之计。

"如果你把我藏起来，我就告诉你。"

"我什么也不能答应你。快把你知道的说出来。"

"看那里。"彼得挣扎着伸出一只手，指向地上那个在进出最后一丝光亮、即将烧尽的火球的照耀下像个小太阳一样发光的物体。

"看见了。"炼金术士很自然地转头瞥了一眼。彼得等的就是这个瞬间，他伸出右手掰开了钳住自己喉咙的手。紧跟着的打斗中，炼金术士显然不是这个敏捷矫健的哥萨克人的对手。他们打成一团，在地上滚来滚去，撞断了桌子腿，撞掉了架子上的陶器，最后撞上了墙。整个打斗过程中，哥萨克人一点一点地占据上风，扳回了局面。他的双腿像老虎钳一样，箍住炼金术士的身子，这招还是他原先在乌克兰的时候学会的。然后他挣脱出双手，将炼金术士的双臂拧向后背，他越来越用力，都能听到炼金术士的骨头在嘎巴嘎巴地响。然后，他一个快速的动作，两个人调了个个儿，变成他在上，炼金术士在下。砰！他使出全力，抓住炼金术士的头往地上一磕，一下就磕得炼金术士昏了过去。彼得立刻将他丢到了墙边。

炼金术士躺在那里一动不动。

彼得像黑豹一样，拿起自己要找的宝贝就往外跑。

可惜他没能全身而退。要知道，炼金术士克鲁兹也不是好惹的。他很走运，哥萨克人抓住他的头往地上磕的时候，多亏他的面具承受了大部分的撞击力，否则那会儿他恐怕站不起来。就在彼得将他丢在墙角的时候，他假装昏迷不醒，用和彼得一样快的速度，从长袍的口袋里掏出了一小包炸药，作为回击。这包炸药受到摩擦就会点着，刚才他们在

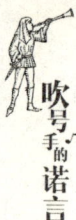

地上滚的时候它却没有爆炸，还真是奇迹。

彼得跑到门口的时候，炼金术士抬起了右手。眼看彼得下一秒就要跑出去了，炼金术士站稳脚跟，用尽全身的力气将炸药丢了出去。

正中目标！炸药包不偏不倚砸中了哥萨克人的后脑勺，响起"砰"的一声巨响。

楼下的人听见爆炸声，抬头不解地看着二楼。只见一团亮光闪现，将院子照得通亮，亮光中传来一声尖叫。随后，一个头发着火、衣服蹿着火苗的人，从恰先生的房间里跑了出来，冲上尚未倒塌的楼梯，往楼上飞奔而去。他只停下来向下瞥了一眼。院子里灯火通明，闹闹哄哄，挤满了人，有学生，有巡夜人，有士兵，他断定从正门肯定是跑不出去了。他冲上了通往阁楼的楼梯，顺着它翻上了并不太高的天花板。然后他抓着天窗用力摇晃了几下，终于打开来，从那里爬上了屋顶。他行动时就像一颗流星一样，着火的头发拖在身后，留下一路火光。他敏捷地从一个屋顶跳到另一个屋顶，跑远之后，在一处房屋低矮的地方跳了下去，便消失不见了。

人们又喊又叫，但还是眼睁睁地看着他逃走了。有人说他是翻墙跳进了修道院的花园，还有人说他是假装跳下去的，其实还待在屋顶没动。反正不管怎么样，都找不到人影了。

大家搭好临时的楼梯，巡夜人将被绑着的约瑟和他妈妈从他们家里的小屋里救出来，也把伊丽莎白接了下来。克鲁兹回到自己的阁楼，脱掉长袍，摘下面具，身上带血，疲倦不堪，马上就上床睡着了。大家都以为强盗什么也没抢走，可是当第二天早上恰先生下班回来,仔细清点过之后，发现除了宝贝，确实什么都没丢。围观的人信誓旦旦地说，爬上房顶冒险从屋顶逃走的彼得什么都没带，还有几个作证说亲眼看见他两手空空。

可是，大家翻遍了房顶庭院，都没有找到什么宝贝。恰先生不顾这些证词，认定就是强盗偷走了它。

彼得那些被压在楼梯下受了伤的手下，或是没来得及逃走的，全被关进大牢，分别进行审判。有的被判终身监禁于土牢内，这样他们便不能再作恶；还有两个被流放在外，九十九年以后才能回来；剩下的被押到其他城镇，接受当地法院的审判——他们在那儿有犯罪前科。可是，最重要的一个问题谁都无法回答，看来他们都不知道头儿和恰先生有什么恩怨。至于斯塔斯，看门老婆婆经过此事，与他断绝了关系，立刻将他赶出家门，永远不许他回来。

后来有人说，他去了金象客栈当服务员，可是有天晚上他偷了客人的东西，就此永远消失，再也没在克拉科夫露过面。

克鲁兹经过那天的遭遇之后身心俱疲，但第二天一早他去见了恰先生，仔仔细细地把头天晚上发生的事情从头到尾讲了一遍。他还没说完，恰先生就跳了起来，一拳打在椅背上。

"果然不出我所料！"恰先生愤怒地喊，"那个人以前已经攻击过我两次了。现在我已经能确认，他就是那个自称巴丹的哥萨克混血，自称巴丹，哥萨克地区都叫他恐怖巴丹。他干的坏事在乌克兰谁人不知。领着一帮无赖来对付我确像他所为。他就是一个不折不扣的恶魔，毫无怜悯之心，我敢说再没有第二个人像他这么无法无天了。我们住在乌克兰的波兰人，都叫他纽扣脸彼得，因为他右脸上的伤疤——你昨晚也看见了。那天在克拉科夫城外的时候，我就起了疑心，可我当时并不相信，因为他一般都在边境线附近从事非法活动。"

说完，他伤心地低下头，继续修理被那些哥萨克人毁掉的家具。

11. 攻陷教堂

那年冬天，乌克兰的人们骑着尖脸的小矮马四处走，这种马能够拱开雪地，找到里面埋藏着的干草。大家都知道纽扣脸彼得遭逢人生变故。他伤心难过，不愿见人，一

改往日咋咋呼呼的作派，不是因为头发基本被烧光，在大街上被人戳着脊梁骨喊秃子巴丹，而是因为失败后的沮丧，他从大众的视线中消失了几个月。当他重新出现在人们的视野当中继续作恶的时候，他的头发已经长回了原来的长度，脸上被烧伤的地方也几乎痊愈了。还有迹象表明，他赶去俄国，见了俄国大公伊凡。但是这次见面的内容他没有向任何人提起过，也没人敢问。

1462 年的三月，春天终于来了，第聂伯河流域一片祥和，其他地方到处都是逃难的队伍，都有鞑靼大军的影子。也就是在这个春天里，恐怖巴丹带上一群精兵良将，浩浩荡荡地出发，重新开始了烧杀抢掠的勾当。他们骑马来到有平原小镇之称的罗夫诺，紧跟着跨过布格河闯进海乌姆。有段时间，他们在卢布林的森林里建了大本营以方便四处行动，后来听到有士兵奉命来剿灭他们的消息，便拔寨迁往北边的沼泽，再次销声匿迹。

彼得一开始对这次行动似乎并不赞同，因为他还有要事在身。可他的手下都是一群残忍粗暴的强盗和小偷，不愿意空手而归。

在塔尔努夫，他终于说服这群人，将他们装扮成一支贩卖地毯的亚美尼亚人商队，赶着马车、骑着马，浩浩荡荡地往当时东欧最大的贸易城市克拉科夫进发。到了克拉科夫后，他们在纺织会馆东边的广场上摆开了摊子。

此时此刻，克拉科夫城里最伤心的人要数安德鲁·恰尔涅茨基了，因为他丢失了要献给波兰国王的宝贝，虽然这并非他的过错。显然这件宝贝一定很值钱，因为似乎有人在嫉妒他的财产。杨·甘地修士想尽办法安慰他，他的妻子和儿子还有伊丽莎白也尽量给他宽心，不让他想起这件伤心事。可是，每当独自一人坐在高塔上苦挨漫漫长夜时，他还是常常感到悲伤绝望。

约瑟很明白这一点，所以晚上一有空就过去陪他——比如节假日的前一天晚上，因为第二天不用上学。他一般都是晚上十点左右陪恰先生去上工，待到第二天一早再回来。有时他也会让爸爸去睡觉，自己替他值班，每隔一小时吹奏一次《海那圣歌》，然后从塔上的每一个窗口都观察一遍，看看有没有火舌蹿起，以便及时发出警报。约瑟每天吹奏，进步很快，现在已经可以将《海那圣歌》吹得和他父亲一样好了。

彼得的商队进城，在教堂下的市场安顿下来的那天晚上，约瑟就在塔楼上陪着恰先生。夜晚满月将教堂双塔的影子拉长，跨过了街道和集市。高塔入口前，看门人一手

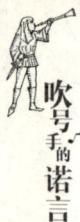

拿着灯笼一手拿着戟，踱来踱去地喊更。这是他的习惯，只要塔上一敲钟报时，他就要这么做。

他刚刚喊完凌晨一点，守在远处广场马车上的纽扣脸彼得便决定开始行动。

"米加勒，"他用不算太大的声音喊着，"米加勒。"一个身着皮衣皮帽穿着厚底草鞋的人，从旁边的马车上溜了下来。此时他已经脱去了用来扮成亚美尼亚人的包头和披毯，身子动起来就会忍不住颤抖和滑动。事实上，在乌克兰，他有一个外号叫蛇人。他站在头领的马车前，听着头领用耳语给自己下命令。

蛇人确实人如其名，他贴在地面蠕动着钻过十几辆马车的车底，擦过教堂附近一栋附属建筑的边墙，藏进了市场一角的树后面。他蹲在这里，等着看门人从教堂前走过。他并没有等太久。

教堂的阴影里突然出现一个提着星形灯笼的人。这个人先是试着推了推高塔入口处那扇通往吹号手房间的楼梯的小门，确认它锁得牢牢的，然后打了个哈欠，用长戟戳了戳门前的石子路，好像百无聊赖。蛇人打量着自己的目标。这是一个老男人，里面穿着一件皮袍，外面罩着一件轻便锁子甲，做工粗糙，就像一件带有尖下摆的裙子，长过膝盖，上半身包括胳膊上的甲环都有点粗。他头上戴着类似蒙头斗篷那样的兜帽，兜帽外面又顶了一个尖顶的生铁头盔。在盔甲外面，他加了一件短马甲，中间用腰带束好，别了一把短剑。还有一条皮带绕过肩头，左边有一个扣用来挂长戟。

他从教堂前面往南绕过去，小心翼翼地查看街上或广场上有没有人。发现到处平安无事，他便转身走进了南边的墓园。明亮的月光洒在旧墓碑上，他蹲在其中一座墓碑的后面，在胸口画了个十字，像是在乞求埋在这里的人宽恕他的打扰。然后他将长戟放在右手边的地上，灯笼放在左手边，接着伸手摘下挂在腰间的皮囊，掏出面包和大块的肉吃了起来，完全没想到会有人来打断他享用美食。

他的想法也有道理，因为他在这里日复一日这么做，已经有许多年了。在教室守夜其实不是什么累活儿，只有在宗教节日里，才偶尔会有小孩子来捉弄看门人。不过，要打发小孩也是很容易的事。那个时期，小偷很少会去教堂偷窃，因为迷信盛行，光是一个墓园就把他们吓得不敢来了，何况他们头顶又有吹号手严密注意整个城中的动静，还有巡夜的人去挨家挨户看门户是不是关好，盘问夜间出没的人。

"啊——啊——嗯！"看门人打了个哈欠。这是多么惬意的生活啊！

他不知道，就在身后的墙边，正躲着那个即将要打破这份宁静的人。蛇人静静地观察着，瞅准看门人转过身背对着自己，立刻从广场转移到了扶壁的阴影里。他贴着墙壁，小心翼翼地溜过去，在走到距离看门人坐着的墓碑还有几米远的地方，停了下来。

咻！蛇人像鹰抓老鼠一样迅速出击。

他下手又快又准，打得看门人措手不及，应声翻倒在地。下一秒，蛇人米加勒已经用围巾紧紧地捂住了看门人的嘴，使他无法求救。接着他又从衣服兜里摸出绳子，三下两下就牢牢地捆住看门人的双手双脚。其实他的第一个想法是直接割断看门人的喉咙，但又害怕他临死前发出的惨叫会搅乱自己的计划。

他从看门人的皮马甲底下，掏出了一把巨大的铜钥匙。他割断拴着钥匙的短链，把钥匙掖进自己的腰带。

他再三检查了一遍绳子捆得牢不牢，之后便再次没入教堂的阴影里，偷偷回到候在马车上的头领面前复命。

"我将看门人捆起来，堵住嘴巴，扔在墓园里了。"他汇报说，"这是高塔进门的钥匙。"

车队中间喃喃地传递着一道命令。不久，彼得所有的手下都换上了皮外套、皮帽子、长筒袜和高筒软靴，站在马车后面，跟着头领去执行他的完美计划。

马车和高塔之间的距离很短，彼得在前头带路，顺着高塔投下的阴影，猫着腰前进。他们排成一排，总共有二十个人。最后他站到高塔与教堂的夹角处。

"跟紧我。"头领说道，"上楼的时候，仔细看看你们脚底下的楼梯板是不是松动的。今天晚上，那个小男孩也在这里。上楼时一定要小心。等我一下令，你们就冲上去把那父子俩全都抓住。"

他掏出蛇人从看门人身上抢来的钥匙，打开小铁门，弯着腰走了进去。

"轻一点。"他小声地说，"跟紧了。"

没几分钟，二十个人全都进来了。最后一个人遵照指示关上了门，这样万一有人检查，门也是像往常一样关着的。

"任务很简单。"彼得领着众人爬上建在塔楼脚手架上窄窄的楼梯时说，"我们只要张开网，套住兔子就行。但你们一定要注意，不能让里面的兔子弄出噪音。如果让他去拉钟绳，全城的人都会被惊醒的。必须迅速拿下他！"

众人继续往上爬，轻手轻脚地在沉重的脚手架上盘旋而上的楼梯上游走，不让一块木板发出一丝声响。终于，头领停了下来。

"前面有光。"他悄声说。

透过高塔房间半掩的门，突然传来了约瑟的声音。"爸爸，你去睡吧。"他说，"今晚的《海那圣歌》我替你吹好了，沙漏不难看懂，不会出错的。"

真走运，赶上了两人都在的一晚。彼得心想，我们可以先捆住老的，然后让小的带路去拿宝贝。

约瑟将一卷羊皮卷在面前的桌子上摊开，拿过一支小蜡烛准备细看，这时他听见门外有动静。他猛地一转身，刚好看见门被踹开，三个人冲了进来，他甚至来不及反抗。此刻他完全处于弱势。进来的三人中，一个牢牢抓住他的手臂，另外两个冲到小床边制伏了刚刚坐起身、一脸诧异的恰先生。

第四个人站在门口。他双手叉腰，笑得很得意。"吼——吼，我可爱的小黄鹂，"他说，"在这个高高的远离喧嚣的地方，我们又见面了。在这儿不会再有人来打扰我们了。"他说完脸色一沉，问道："你知道我为什么而来吗？"

约瑟打了个寒战。这个人就是他们到克拉科夫的第一天时，在城外见到的那个；也是在集市鼓动人们朝他父母扔石头的那个；听声音，那天晚上把他的手脚绑起来扔在住处小屋里的，也是这个人。可同时他又在想，这个男人为什么还要回来呢？他不是在第一次冒险时就已经拿到宝贝了？他该不是来报爸爸把他扔下马车的仇的吧？

约瑟想到这里，做了个动作，仿佛是在画十字。塔上这么高，把人捆起来扔到下面的墓园里真是再简单不过了。明天天亮之前，根本不会有人发现。

不过，恰先生倒是镇定自若地看着来人。"不，"经过深思熟虑之后，恰先生回答，"我不知道你为什么要来。可我知道你的真实身份了，纽扣脸彼得，当然，也有人管你叫巴丹。真奇怪，那天早上你在城门边威胁我的时候，我怎么就没有立刻认出你来。"

彼得根本没听见恰先生的后半段话。他只听见了"不"字，而这个回答显然出乎他的意料。

"你不知道？撒谎！你还以为我什么都不知道是吗？"他将蜡烛举到恰先生面前，"我跟你说过，只要是我想要的东西，就没有得不到的。我会为此不择手段。你看见我的弟兄们了吧，在他们眼里你的命比狗的还不值钱。如果你还珍惜自己的小命，就赶紧老实交代：你把塔尔努夫大水晶球藏到哪里了？"

约瑟在一旁激动得跳了起来。原来，他们一家人从乌克兰带来的宝贝，那个因丢失而令他父亲伤心欲绝的东西，原来是一个水晶球，叫塔尔努夫大水晶球。可是，为什么这个水晶球会被人这么看重呢？要是一颗钻石或者稀罕的宝石，可能还说得通，可这不过是一个水晶球。约瑟多少有些了解，乌克兰的山脉里盛产水晶，人们从矿洞里把水晶石敲下来就行了。也许，这个水晶球有什么特别的含义。

"你和我一样心知肚明，"恰先生回答，"上次你夜里来我家偷袭之后，它就不见了。如果不在你手里，我还真不知道它能在哪儿。"

"不见了？！"彼得先是震惊，紧跟着是怀疑。"撒谎！"他喊道，"你撒谎！它肯定还在你手里。我会弄清楚的……来人！"他喊来蛇人米加勒，"带这个小孩回他家。记住，绝不能让你的匕首离开他的喉咙。我和老的留在这里，如果十五分钟以后你们还没回来，我就让这个波兰人从此彻底没有烦恼……不，等等！"他又改变了主意，"我和这个臭娃娃一起去。我去搜他家的时候，你用剑架在这只老狐狸的脖子上。如果这个臭孩子故意领错路，或是想要花样，我就直接干掉他。如果在合理的时间内不见我回来，就按我之前告诉你的做。"

彼得坚信，恰先生一定会很愿意交出水晶球，因为这样不仅能保住他自己的命，还能保住他儿子的命。可恰先生又坚称水晶球不在自己手里，这实在出乎意料，令人困惑。

不过，彼得很快就打消了这个念头。毫无疑问，恰先生是在骗他，如果不出意外，过几分钟那个水晶球就会落到他的手里。这个小孩不知道那水晶球放在哪里倒有可能是真的。但他肯定知道，如果不交出水晶球，他爸爸就会没命，所以他和他妈妈一定会在家里全力寻找，以此换回爸爸。这时，彼得忽然想到，也许恰先生会把水晶球藏在别的地方，如果在他们住的地方搜不到，他还得回来从恰先生的嘴里拷问出埋藏地点。

就在抓住约瑟的家伙要把他交给彼得的时候，彼得突然说："等一下，桌上的沙漏显示马上就要两点了，现在应该是吹号手去吹号的时间。如果没人吹号的话，肯定会惹人怀疑，进而上来查看的。"你，孩子，我知道你偶尔也会吹。没想到吧，嗯？我彼得可是手眼通天。所以，我们出发去拿宝贝之前，你先去墙上摘下那支号……不，先别去，过来。"

他领着约瑟走到房间外面悬着钟绳的地方。"你先拉两下钟绳，然后再去拿小号，再挨个窗口吹一遍。"

他仔仔细细地看着约瑟，手里的匕首明晃晃的。约瑟拉了两下绳子，牵动另一头的锤子敲响大钟。

"就按平时那样吹，千万别耍花样。"

约瑟回到小屋,摘下小号。他想起了那个年轻的吹号手,很久以前,那个就在这个地点值勤、被一支箭射中胸膛以身殉职的吹号手。造化弄人,此时约瑟似乎也面临着同样的处境,需要拿出勇气面对。他心中不再有先前的恐惧了,他身上流着波兰人的血液,那勇敢而高尚的品质仿佛是一种天赋,亘古不变。他将小号伸出面向西方的窗口。也许是想到之前的吹号手的故事给他带来的灵感,他立刻想起了自己跟伊丽莎白的一次对话。那天他戏言要在《海那圣歌》里藏一个秘密,可是伊丽莎白却当真了——上帝保佑她——他相信她一定还记得。

约瑟的心中立刻升起了希望。他知道凌晨两点的时候,伊丽莎白通常还是醒着的,因为她知道这会儿约瑟会代替爸爸吹奏。如果他在吹完平时该结束的地方,再继续多吹两三个音符,她就一定会知道有事发生了。她会怎么做呢?她的叔叔,那个沉浸在自己实验中的炼金术士,一定会嘲笑她的想象力,他一定会这么说的。她敢在夜里去找杨·甘地修士吗?如果她去了,修士有没有可能很快叫来守卫救爸爸一命?约瑟明白,彼得在拿到水晶球以后,还是会杀死他爸爸的。

也只能拼死一搏了。彼得知道《海那圣歌》自从那次鞑靼人入侵之后,就在休止符的地方结束的传说吗?上帝保佑别让他知道。约瑟在心里祈祷的时候，彼得催道："快吹呀。"

约瑟举起小号。

这一切似曾相识。他觉得脚下的整个世界都变了，所有的房屋都从石砌变成了木造，城中一片火海，长得又矮又丑的人骑着小马四处喧嚣。教堂下面有一个男人下了马，从肩头摘下弓箭，抽出一支铁头的箭搭在弦上。弓松开，箭飞了出去……

约瑟继续吹奏。

彼得点点头。《海那圣歌》他不是第一次听，他知道这个男孩是照平时的样子在吹。只不过，他也就知道这么多了。约瑟吹到平时应该结束的地方犹豫了一下，又继续多吹了几个音符，这才结束了整首曲子。多吹这几个音是要鼓起巨大的勇气的，那个哥萨克人手中的匕首随时可能割破他的喉咙。约瑟吹完放下小号，回头看看。

血一下子涌上他的头。那个哥萨克人居然在不断地点头赞许！这么说，他真的不知道！

约瑟走到第二个、第三个、第四个窗口，按照刚才的吹法圆满地吹完了《海那圣歌》。

"现在，快带我去你家！"

彼得拽着约瑟的手臂，回头又嘱咐手下们好好看着恰

先生，然后就推着约瑟下了楼。楼下的广场寂静无人，他们走在阴影里，朝克拉科夫大学的方向走去。彼得再次为自己的计划而得意，他一边走一边向四周张望，只要水晶球一到手，他就找个僻静无人的角落干掉约瑟，然后再回高塔干掉恰先生，这样就不会有人知道今晚他们所干的事。他们这群亚美尼亚商人便可以在第二天城门打开时，大摇大摆地离开这座城市。

12. 伊丽莎白差点漏掉休止符

　　就在同一个多事的晚上，一个小女孩偷偷地从炼金术士克鲁兹的房间里溜出来，从三楼来到了二楼。恰先生一家就住在这里。咚、咚、咚！她轻叩房门。不一会儿，门

打开了一条小缝，恰太太在门里谨慎地看着外面的人。

看见外面站的是伊丽莎白，她热情地说："孩子，快进来。"

"这么晚了，你怎么来了？"恰太太先将沉甸甸的门闩放回原位关好门，这才问道，"那个叫特林的学生最近又去烦你和你叔叔了吗，还是出了其他什么事？来，坐到桌边，跟我说说具体的情况。我正在缝今天的活儿，快完了。"

"您猜得没错，"伊丽莎白回答，"就是那个学生特林。他和我叔叔现在还在阁楼上，我有点害怕——今天晚上他们谈的事情比之前的还要古怪。"

"今天晚上你一定要留下来跟我睡。"恰太太说，"你叔叔身为一名大学者，却整天和那个特林混在一起，真是太不应该了。我很怕那个年轻人。在我看来，他好像是个返老还童的人一样。他看着我时，我能从他乌黑的眼睛里看出，他正在想什么可怕的事情——"

"我很高兴能留下来，妈妈。"伊丽莎白回答，这几个月以来的相处，让她与恰太太之间培养起了如母女一般的亲密感情，"可我害怕的不是那个学生特林，而是我叔叔。自从那天晚上我们院子里闯进了强盗之后，我就一直觉得他很反常，变得我都不认识他了！"

"我看出来了。"恰太太说，"可是，他对你不好吗？"

"哦，没有！从来没有。可他不再是我们刚搬来时的样子了。那时候他无忧无虑，随时能陪我聊天说笑，总是带着我去好玩的地方，或者找能让我们开心的事情做。可现在，他根本就不关心我，整天像个梦游的人一样。有时候我跟他说话，他好像根本没有在听，就算听了也是答非所问，总是说一些我从未想到的事。我怕他是中邪了。"

"都是特林害的。"

"是的，我也觉得是他。他们两个夜夜在一起，在我房顶上的阁楼里做实验。偶尔，我也能听见一些动静，但多数时候都安静得可怕。"

"我亲爱的孩子，"恰太太放下手里的活计，"这里永远是你的家，遇到问题随时欢迎你来……这张小床永远是你的……我们自己，其实也有很多麻烦，可能你已经知道了。那个该死的晚上过后，恰先生也变了很多……不过，明眼人都能看出来，我们家有让人幸福的一切：有孩子，有爱，有吃的，有地方住——为什么人总是要为自己没有的东西唉声叹气呢？"

"我们也曾那样地幸福。"伊丽莎白说，"我认为，特林有某种魔力，让我叔叔无力反抗。"

"上帝帮帮我们吧。"恰太太说着在胸口画了个十字，"你

知道他们在阁楼上做什么吗？"

"不知道。"伊丽莎白打了个哆嗦，"什么可怕的事吧。今天晚上，他们一见面就用一种奇特的方式说话。我怕极了，他们从来没有这么大声说过话。我叔叔不停地说：'我快被逼疯了。'特林则劝他说：'再试一次，不会有坏处的。'然后又是一片寂静，接着我叔叔断断续续地说了几句疯话。我听不下去，就跑下来了。"

"我可怜的孩子。"

"我下楼之前，听见特林正在说我叔叔不过是一个平凡的仆人。我叔叔听了非但没有生气，反而还想讨好他。最后，特林说：'这件事你必须做，你必须找出炼铜成金的秘密。一旦有了黄金，你就可以为所欲为，可以想去哪里就去哪里，想看什么就看什么。你可以和最顶尖的学者一起研究，想买什么就买什么。'他反复提到金子，好像他说话的时候我叔叔还在做实验，因为我叔叔一直没有说话。"

恰太太摇了摇头。"我可知道那些做梦都想从普通金属里变出金子来的人，但没有一个有好下场……"她想了想，觉得最好还是先转移小女孩的注意力，让她别去想烦心事，于是换了个话题，说，"一到晚上，约瑟和他爸爸不在的时候，我就觉得很孤独。所以每到夜里我都会仔细听他们吹号，这样我便明白一切都正常。"

"我也是。凌晨两点以后都是约瑟在吹。我们有一个秘密，就我和他知道，所以我也会很仔细地听他吹。"

"祝福你。可是难道你每天都坚持到凌晨两点都不睡吗？"

"如果约瑟那天在，我就等。因为他是我最好的朋友，好朋友之间应该守信用。"

"那你能分出来什么时候是他在吹，什么时候是他爸爸在吹吗？"

"一开始很好分辨，可现在有点难了。不过，就算我不知道他们的时间分配，还是可以听得出来。他吹得没有他爸爸响亮清晰，但他一直都在向他爸爸的水平靠近。"

两人后来又天南海北地聊了很多，一直聊到深夜。最后，恰太太将约瑟和恰先生做的小沙发腾出来，给伊丽莎白睡。沙发离屋门很近，就在挂着窗幔的窗户正下方。眼下天气宜人，已经不用关窗睡觉，外面有任何动静都能听得一清二楚，特别是教堂的钟声和吹号声，因为窗户正对着高塔。恰太太走进小屋睡觉，一般约瑟不在的时候她都在这里睡。伊丽莎白怕炼金术士会突然下来找她，所以和衣倒在沙发上，准备入睡。

可她睡不着，她总是忍不住想叔叔会摊上什么坏事，

那个学生让她心乱如麻。她还不断地想起其他人和其他学生说的话，街头巷尾都在风传，说炼金术士克鲁兹是在研究可怕的黑魔法。

那是一个迷信的时代，人们相信人类可以召唤邪恶的力量，像驱使人类一样去做很多坏事——相信死人的灵魂总是待在世上某些孤独的地方，只要你知道如何和他们沟通，他们就会回答你的问题；如果一只黑猫从谁跟前路过，那么这个人很快就会倒大霉；如果荒废的教堂高塔上，有只猫头鹰在午夜十二点咕咕叫，那就说明此时有女巫骑着扫帚或是树枝飞过；如果狗在夜里狂吠，那就意味着附近有人就快咽气了。

有些人就宣扬这些迷信为自己谋利。大部分是巫师和法师，他们借着算命或占卜吉凶，骗走轻信者大量的钱财。也许有些星相术士确实对自己的研究深信不疑，但更多的人只是借此大肆骗财而已。他们穿着黑袍装神弄鬼，只是为了吓唬那些迷信的人，让他们自愿破财消灾。法师们卖的避邪宝物需要人们"请"回去，因为它们可以替人们挡住某个特定的凶神恶煞；黑石头做成的小球可以防蛇咬；闪电击中沙子所产生的金黄色玻璃样的东西，有很大的药用价值，磨成粉内服可以防治胃病；放在脖子上的小香囊里，就可以避开闪电；猫狗兔子身上特殊部位的小骨头，可以带来财运；青蛙的心脏也有许多神秘的作用……

　　显然炼金术士克鲁兹所做的事正在损毁他的健康，或许还有他的理性。作为一个身体强健又头脑灵光的人，他身上发生这种变化真是太反常了。伊丽莎白躺在床上想着这左一桩右一件，越想越害怕。她害怕克鲁兹的灵魂已经不属于他自己，而变成了特林的掌中物；她害怕特林会牺牲掉这个本应是他老师的人，来换取他的研究成果。

　　此时吹号手吹响了凌晨一点的号声，可她还是无法入睡。她想着叔叔和特林，脑中涌现出无数可怕的画面。她看见他们两人的脸都变得扭曲，变成了怪物！病人或是有心事的人，经常会出现这种情况，他们的身体虽然疲倦得想要休息，可他们的大脑仍然因为担心而活跃着。她的叔叔，前一分钟还是正常的体型，可是突然之间就变大了，突然之间又缩小了；特林本来是在校学生的模样，下一秒就变成了顶着南瓜头的梦魇，而且越变越大，大到整个天空都是他。他们做了许多坏事，比如从篮子里倒出一大群用旧鞋变出来的蝙蝠；跳上天抓住像老鹰那么大的鸟，然后把它们关在阁楼里；他们将各种正在冒着泡嗞嗞响的炽热的液体混在一起——他们同时在做的事大概有一千多种，每

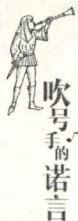

一种看起来都很邪门……这些幻觉持续了差不多一个小时，伊丽莎白终于要昏昏欲睡的时候，突然教堂上的钟声响了两下。

"到两点了。"她又兴奋起来，脑中的那些幻觉也全被赶走了。

《海那圣歌》响了起来。是约瑟在吹，她心想。

她跟着号声哼着，已经可以做到和他一个音符都不差。她哼到该有休止符的地方停了下来，等着约瑟换去下一个窗口吹。可是下一秒她就惊讶地听见约瑟并没有停，他又多吹了一两个音符，在赞歌通常停止的部分才停下。

伊丽莎白一骨碌坐了起来，尽管她很肯定是自己听错了。也许是我睡迷糊了，她想道，下一遍我要仔细地听听。

约瑟开始吹朝南的那一遍。这一次伊丽莎白没有再跟着哼，而是紧张地对比着每一个音符。当约瑟吹完时，她意识到他又一次没有在该停的地方停住，而是继续往后吹了下去，直到把整首《海那圣歌》吹完。

原本《海那圣歌》应该止于一个休止符的。

今天约瑟吹的《海那圣歌》，止于他后加的几个音符。

"他吹错了吧？"伊丽莎白自言自语。

这次是东边，可是风声将号声吹远了。直到约瑟朝向北方吹响最后一遍的时候，伊丽莎白才又听见了号声。"这次我一定要搞清楚。"她说。

一开始，她以为约瑟会在平时的地方停住，因为他犹豫了一下，但接着又继续吹着，好像在说："我知道我应该停在那里，可是我要继续吹。"他吹完后面的音符，结束了整首曲子。几个世纪前，如果那个年轻的吹号手没有中箭死去，应该也会吹到这里才结束。

伊丽莎白爬下床……他是故意这么吹的！约瑟已经是一个很出色的吹号手了，不会同一个错误连犯三遍。

可是，这——这——这是什么意思呢？约瑟遇到麻烦了？可高塔上有警钟，只要敲一下，全城的人都会马上醒过来的。在有火灾、入侵、防御，或是其他各种诸如暴乱、外国国王来访、宣战类事件时，一再使用钟声——

他也必然不会拿这么神圣的《海那圣歌》开玩笑——因此，为什么，为什么，为什么他不敲警钟？

答案只有一个！伊丽莎白在第一遍听他吹错的时候，心里就隐隐地明白了。这是他给她的信号——是给她，伊丽莎白·克鲁兹的！约瑟有危险，而且是不同寻常的紧急情况！他全心指望着自己半开玩笑的小秘密她还记得，指望她明白他此刻陷入了危机。也许是他被人要挟，也许是有人监视，所以他没法敲响警钟！她的第一个猜想已经很接近真相了。

没错，他是为她而吹的。

她必须行动，必须去救约瑟，马上，立刻。可是，怎么做才是最好的选择呢？她不能去找恰太太——该不该告诉他叔叔？他还在阁楼上和特林待在一起，因为上面的灯还亮着，而且也没有听见特林下楼的声音。可是他们两人听了只会嘲笑她的恐惧，然后送她回来睡觉。所以，她悄悄地走到门口，轻轻抬起门闩，打开了门。然后她跨出门槛，关上门，回到自己房里拿上院门的钥匙，披上斗篷。很快，她就来到了大街上。

凌晨时分，一个手无寸铁的人在大街上是十分危险的，尤其是一个手无寸铁的女孩。此时正是赌徒、醉鬼和小偷这些牛鬼蛇神出没的时候，他们蹲在角落里，伺机偷袭别人，抢走他们的钱包。城里的小偷和杀人犯通常都是团伙作案，如果巡夜的人能集结起来，就足以应对。可是他们通常只满足于将一小部分罪犯绳之以法，而任由大部分恶棍逍遥法外。所以，当一个人走在夜里漆黑的大街上，尤其是这么晚的时候，那他最好的朋友就是一把利剑或者一根粗棍。

一走出院门，伊丽莎白就开始向守护自己的圣女伊丽莎白祷告。明亮的月光照在鸽子巷里，她发现街上空无一人，就后背贴着墙，借着墙影的掩护一点点地挪向左边的十字路口，准备冲向仅有一街之隔的圣安街。到了街角处，她走出阴影时，听到身后的鸽子巷里传来了男人们的声音。她没有回头去看，而是绕过街角进入十字路口，踏上硌脚的鹅卵石路飞奔起来。

可是，还是有人发现了她。她听见一个人喊："是谁？"紧跟着后面响起了脚步声。

"肯定是个女的。"她在向前冲时听到后面的人说。月亮像一盏明灯一样挂在十字街头，她周围的建筑物都没有影子。说话的人已经从鸽子巷拐出来，三蹦两跳地追了上来。

伊丽莎白想起了鞑靼人和纽扣脸彼得，不过此刻追她的人并不是这些人。眼下这群人不过是一群破衣烂衫的乞丐、小偷和骗子，他们只是想向路过的人要点酒钱，然后找个避风的角落睡觉。像她这样大的女孩子正是这些人眼

中的好猎物，他们只需要吓唬她，说要脱掉她的衣服或是抢走她的包袱，几枚铜板就能轻松到手。

"别跑！别跑！我们是好朋友呀。"跑在最前面的人冲她喊道，"我们不会伤害这个时候还在大街上的女人的，你看，我们只不过刚好跟你同路。"可是，他的语气只能令伊丽莎白跑得更快。

她终于跑到了圣安街，身后还紧紧跟着那群人。她现在唯一的愿望就是杨·甘地修士能够马上来开门，如果她不赶紧进去，就要被后面的人追上了。

幸运的是，杨·甘地修士很少会让来求助自己的人等很久。他整个晚上都在忙着写书，这是他永恒的工作。只要他有空，暂时又没有受困的灵魂需要帮助，他就会写作，因为这是他死后唯一能留给学校和整个世界的、最有价值的东西。他听见门铃响了，就走去开门。打开门以后，女孩立刻冲了进来。

"好心的神父，是我，伊丽莎白·克鲁兹。"她急切地说道，"我有急事找您，需要您立刻帮忙。不过请先关上门，后面有人在追我。"

修士关上了门。他很惊讶这个女孩怎么会在这个时候跑来找他，不过他并没有表现出来。事实上，他早已习惯各种各样的怪事了。甚至当他看见那些乞丐跑过自己家门口，奇怪他们追逐的猎物怎么一眨眼就不见了的时候，他都有一种冲动，想出去叫住他们，给他们一点钱。他知道，是贫穷和饥饿把他们逼到这步田地。但当他看清伊丽莎白遇到了困难，急需他的帮助，就立刻关上门，领着她来到书房。

"孩子，出什么事了？又有强盗闯进你家了，还是你叔叔有了麻烦？如果是的话，我非常想知道。"

伊丽莎白尽量将整件事情的经过讲清楚，因为她已跑得气喘吁吁，心里又很焦急。她在心里喊，但愿他不要笑！但愿他不会认为我是在做梦！幸好，这名可敬的学者听了之后完全笑不出来。

"你说得对。"他还没听她说完，就迫不及待地打断了她，"我们不能再拖了。他肯定有危险，愿上帝保佑他。为了你的安全，请留在这里。我马上派学院的仆人去喊警卫，然后我和他们一起去高塔。恐怕不好的事已经发生了。"

几分钟以后，三十名警卫全副武装向教堂进发。他们先是在塔下发现了被捆起来丢在墓园里的看门人，给他松了绑，然后冲过没有上锁的门，小心翼翼地爬上塔去，以免打草惊蛇。

与此同时，塔上的一群哥萨克人也不耐烦起来。起初，

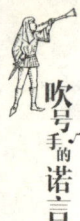

他们对半夜偷袭、闯进教堂高塔的计划很好奇，心中对冒险的渴望被激发起来，因为他们到现在还没有做过这样的事情。所以，早在傍晚彼得选人的时候，他们十个都自愿报了名，争先恐后。

可事实证明，这个任务实在太简单了，根本不合这些嗜血的人的胃口。没错，彼得的计划实施顺利，闯进如此险要之地如入无人之境。他们等自己的头儿又等得颇不耐烦，一个个早就撑不住要睡过去了，只留下那个看着吹号手的人，其余的人不是无聊地趴在椅背上，就是打起了响鼾。

因此，当警卫们神不知鬼不觉地爬上来的时候，这些哥萨克人全都惊呆了。事实上，他们是等到被捕以后，才明白发生了什么事，事先完全没有觉察。看守恰先生的人也没有时间执行头领下达的命令。其实他想执行来着，可是还没等他动手就成了俘虏。

最后一名犯人被绑好以后，约瑟跑上来扑进了爸爸的怀里。

"爸爸，爸爸！"他激动地喊道，"是伊丽莎白救了我们！"他一想起这件事，就兴奋得两眼冒光。"是伊丽莎白，伊丽莎白。"他不停地重复着，"她听见我今天吹得和平日不同，因为今天晚上我没有吹到休止符就停住，而是多吹了几个音。大晚上的，她一个人跑去找杨·甘地，然后请他找来了警卫。我刚刚在楼下看见杨·甘地修士了，他把整个事情的经过都告诉我了。"

"祝福她。"恰先生说着，眼里的泪花直打转，"可是你，我的儿子，你是怎么逃出来的？我还以为——"

"逼我回家的那个人，听见街上有警卫，而且又发现他们是往教堂的方向走的，马上就像闪电一样冲进了黑暗的角落里，根本顾不上我。但伊丽莎白还在修士家里等着我们，在大学的公寓里，我必须马上去找她，把所有的事都告诉她，然后谢谢她救了我们的命。"

警卫带着犯人离开时，恰先生正忙着想自己的事情。

大水晶球！塔尔努夫大水晶球！那个鞑靼人说他是来找它的。他说的是真话吗？可除此之外，他还有什么原因来高塔上偷袭自己呢？除此之外，还有什么原因会让他带着约瑟匆匆忙忙离开，还留下那样的命令呢？如果单单是报仇，那自己和约瑟肯定也活不到现在了。可如果这个人偷袭他们住所的那天晚上没有带走水晶球，那么，那天晚上究竟还发生了什么事？水晶球现在又在哪里呢？

13. 塔尔努夫大水晶球

　　四月的一个傍晚，距离纽扣脸彼得的阴谋再次被挫败几个星期之后，炼金术士克鲁兹和大学生约翰·特林坐在克鲁兹住所上方阁楼里的粗糙凳子上，面红耳赤地争论着某个问题。对于早春来说天气有些闷热，火红的太阳挂在远处的克拉库斯山顶上，把高山映得红彤彤的。

特林坐在小窗边，看着落日。但炼金术士坐在房间的阴暗之处。在他们头顶的斜墙上，吊着炼金术士做实验用的玻璃瓶和各种玻璃试管，像宝石一样熠熠生辉。放在热炭上火盆里的某种物质时不时地嗞嗞地蹿着火苗，冒出了黑烟，就像一条盘卧在静静的草地上的巨蛇，突然扬起头。

"我跟你说我受够了！"炼金术士回应之前特林的某句话，"我准备撤出我们这个大胆实施的科学实验，回去继续我原来的研究，那才更适合我这个敬畏上帝的人。"

特林哈哈一笑，压低嗓音恶狠狠地说："这才是体现你勇气的地方啊，这才是你宣扬的探索未知世界所应具备的最强勇气。"他想了一分钟，决定改变和眼前这个人打交道的策略，反正炼金术士已经被自己牢牢掌控在手心里了，或者说至少他自己是这么认为的。"快！再想个更好的配方。我们已经闯过最艰难的部分，胜利近在眼前了。而且我们已经花了这么多时间，做出了这么多牺牲。是不是被催眠的次数太多，你坚持不下去了？"

炼金术士捂住脸。"我累了……我累了……"他只是不断地重复着。

特林厌恶地看了他一眼，不过咽回了那些充满怒气的话，将话说得更心平气和一些。

"所以，如果说哪里有错，责任全都在你，克鲁兹阁下。"特林说，"我真搞不懂，你这样的人居然会被一个如此简单的实验累成这样。我也给别人催过眠，时间更长，很安全，而且他们也没有像你一样累。"

"唉。"炼金术士叹了口气，好像在忏悔，"其实一直以来，除了你，还有人在几乎不停地对我催眠。"

"什么？"特林愕然地跳了起来，"你说什么？还有别人在对你催眠？这么说，我们的秘密还有别人知道了？那个人是谁？除了我，我想不出这个城里还有谁会催眠术这种罕见的技能。"他不再掩饰自己的愤怒，瞪着克鲁兹，手伸向腰间，按在贴身带着的匕首上。他虽然年轻，却对自己的魔力相当在意。同时这也说明他内心很恐惧，因为当时各地的政府都明令禁止人们使用这些邪门歪道，有时候甚至会将违抗者处以死刑，常见的惩罚有刺面、鞭刑、杖刑和流放等等。

不过，特林所做的事，虽然在那个时期显得很神秘，可对于今天的人们来说，解释起来却很容易。所谓的"催眠"，其实就是某个人用某种办法令别人进入深层睡眠状态。但催眠师在那时迷信的男男女女眼中，无异于魔鬼的使节，而他们所做的事，也被认为是地上最邪恶的事。特林拥有向志愿者实施催眠术的能力，炼金术士听信了他关于找到炼金秘密的鼓动，心甘情愿参与其中。

如同发生在大多数催眠者与被催眠者身上的情况一样，在不断的催眠中，特林一点点地控制了这个合作伙伴，不到几个月的工夫，他就把炼金术士完全变成了自己的工具。特林知道他的能力和学术成就，为了达到自己的目的，会毫不犹豫地将它使用到底。可他做这件事时，也是带着万分的小心，再三叮嘱炼金术士不能把他们的秘密说出去，警告说一旦他的做法被人发现，他们两个都会受到严厉的制裁。

"不是人，"可怜的炼金术士说，"不是人在对我催眠，是魔鬼！"

"魔鬼？"特林愣在原地，好像遭了雷劈。这个炼金术士疯了吗？

"没错，就是魔鬼，多一分钟我都忍不下去了。"炼金术士站起来，看着特林，"你虽然拥有常人没有的本领，能够将我的灵魂完全看穿；你还无所不知，连我专业的技巧、行动和反应都一清二楚。可是有件事我没有告诉你，这个秘密沉重得已经压弯了我的肩膀，让我深感罪孽深重。过来，仔细看着，我给你看一件具有你做梦也想不到的力量的东西。

你看……"他说着音调越来越高，声音也颤抖起来。他在阁楼里忙乎起来，似乎在为什么实验做准备工作。他在阁楼正中倒着放了一个三脚台，又绕着台子的三条腿围了一圈铁链，好像要在上面放一个碗似的。然后他打开柜子，从最顶层的角落里拿出了一个用黑布包着的东西，把它放在三脚台上。

"现在，我们需要一点光。"他说。

他在一口满是火炭的火盆里撒了点粉末，火苗一下子蹿了起来。整个房间被照得通明，尤其是三脚台上面那个被布包起来的神秘物件。炼金术士猛地揭开了布。

仿佛他展示了一块水头最长最足的钻石！三脚台的铜顶立刻散发出奇迹般的光芒。这颗宝石有人头那么大，完全没有人工雕琢的痕迹。这是经过大自然千百万年的鬼斧神工，在某个地下洞窟里以水滴慢慢侵蚀而成的。表面如山泉般清澈，盯着看久了，发现还有一丝淡淡的蓝光，宝石最中心的点泛出了玫瑰色。这颗宝石美轮美奂，谁看着它都会像是在看浩瀚无边的海洋。

"我的天哪！"特林喊起来，"这是什么？"

炼金术士压低嗓音，仿佛身处教堂一般，说："这就是塔尔努夫大水晶球。"

"塔尔努夫大水晶球！"特林难以置信地重复了一遍，

"塔尔努夫大水晶球！……怎么会，这可是所有炼金术士和法师，几百年以来一直在寻找的东西呀。塔尔努夫大水晶球！"他兴奋之极，几乎是喊了出来，"哦，天哪，这可是全世界最伟大的科研宝贝。"狂喜之下他开始四处窜动，心里盘算着据为己有的可能性。"现在我懂了，"他继续说道，"如果你盯着它的时间久了，确实会被魔鬼掌控。你知道吗？这颗水晶球拥有一种神奇的力量，可以催眠看着它的人，挖出他埋藏在心底最深处的欲望和秘密。你知道吗，这回我一定能获悉我们一直在寻求的那个秘密了吧？"他走近它，盯着它看，就像是口渴的人看见了一口水井一样。

塔尔努夫大水晶球的确很神奇，可能史上所有的大水晶球都是这样，当你注视它的内核之时，它每次呈现出来的面貌都会不同。原因有很多，一个是因为每次外界的光线条件都不一样，另一个是因为也许它真的具有折射人心的能力。一开始，人们只是被它的美丽所吸引，比如色泽啊、光芒啊，还有不断变幻的外观。除此以外，它还有一种这类石头都具有的无法言喻的魅力。钻石也同样拥有这般神奇的魅力，只是它的体积太小，无法让人盯着看很久。而水晶的大小，刚好在这方面独占鳌头。

塔尔努夫大水晶球是中世纪时期，巫师和法师眼里最好的水晶。虽然学者和正派的科学家都看不起法术，比如天文学家和炼金术士，但在那个时候，在科学和魔法之间其实并没有很严格的界线，结果常常有一心认真搞科研的人最后发现自己搞起了魔法。炼金术士克鲁兹更是如此，他平时根本想不到魔法或是黑魔法这种事，直到他现在彻底沦陷在特林的掌控中，无力自拔。

"我告诉你，我受够了。"炼金术士又说，"为了得到这颗水晶球，我已经出卖了灵魂。我准备把它还给它真正的主人……这颗水晶球有一段悲伤的过去，是邪恶和鲜血的化身，或许和世界本身一样古老。"

"还回去?！"特林喊道，"还回去?！克鲁兹阁下，你听我跟你分析。我不知道你是怎么得到它的，我现在也不想问。但如果你还没有把它用于我们的目的就还回去，那我可是看错你了。用完之后我们可以还回去，如果真是偷来的，或者如果你现在保有它良心上过不去的话，也许我——"

"不，不，约翰·特林，"炼金术士激动地说，"它应该回到真正的主人手里。我一直保守着这个秘密，就是知道你会禁不住诱惑。如果不是我实在受不了它的折磨，到现在都不会让你发现它的。"

"好吧，听你的。"特林表面上妥协了，可是他的眼神表明他另有打算，"不过，先让我们马上通过它了解一下，怎么将普通的金属变成金子好不好？我相信一定能办到，这样我们就可以摆脱这所小人当道的大学了。"

"那么，最好速战速决。"炼金术士说，"我已经盯着它看了太久了。"

"你应该早点告诉我。"特林再次拿出好心顾问的态度来。

"不过，说实话，"炼金术士继续说，"我不太相信我们可以从它身上得到这个秘密。我有个想法——不过也许是错的——那就是这个水晶球只能映射出我们自己的心理。我们不能像依靠一个值得信赖的朋友一样指望它点拨我们。我们最好不要抱希望，并希望心想事成。我开始对这一切表示怀疑了。"他说着站起来，在门口踱来踱去，"它已经令我堕落了，我已经无法像从前那样直视这个世界了。每次我只要盯得久一点，就会产生邪念。我对这些念头颇感兴趣，发现看着它就像着了魔似的，再也无法移开目光。正如我说过的，我对它抱有极大的兴趣，如果世界上只剩下我一个人，我会继续探索人类思想的极限。可是有时候，我觉得我的灵魂好像已经被这颗水晶球的光芒困住了。"

"我冒昧地问一下，"特林再也抑制不住自己的好奇，"这颗水晶球究竟是怎么到你手里的？"

"是这么一回事——"炼金术士不愿再把这件事独自憋在心里，"不久以前，有人来这里想把它偷走，我就用希腊火药和硝石好好招待了他们一下。"

"哦？"

"那时，这个水晶球还属于我们楼下的邻居。"

"什么？那个姓科沃斯基的吹号手和他的儿子？"

"是的，不过这不是他们的真姓。他们原本住在乌克兰，姓恰尔涅茨基。"

"原来如此……那些贼呢？应该是从第聂伯河就开始跟着他们的鞑靼人和哥萨克人喽？"

"正是。我用炸药吓唬他们的时候，水晶球其实是在这些人的头领手里。他被我吓得扔掉了它——也可能是因为痛，因为我刚好把炸药扔到他的后脑勺上了，他的头发也着了火。水晶球就掉在地上，我就把它捡起来了。"

"那么，恰尔涅茨基一家又是怎么得到它的呢？"特林急切地问。

"事情是这样的。十三世纪的时候，有一个饱受鞑靼人抢掠的小村子，也就是现在的塔尔努夫。恰尔涅茨基一族就住在那里——当然村里还有别的族姓——当时的一名叫做安德鲁·恰尔涅茨基的人率领人们反抗，赶走了鞑靼人。

大家为了保证塔尔努夫大水晶球的安全，将守护这个珍宝的任务托付给了他。这个水晶球也因此而得名，也成了该地的至宝，甚至连国王都想来一睹水晶球的风采。这颗水晶球除了价值连城、美丽无双，还有你提到过的那些广为流传的功能：看着他的人可以知晓上下五千年的秘密；还可以读取别人内心的想法，战胜自然灾害，像鸟一样在天上飞，或者隐身到处走，或者点石成金，等等。那时候任何人都不允许盯着它看超过三分钟，因为哪怕只是三分钟，看的人就会头晕，出现各种奇怪的幻觉。"

"那恰尔涅茨基又是怎么保护它，不被鞑靼人抢走的呢？"

"他们带着它逃到了喀尔巴阡山，并在那里隐居下来，一直到鞑靼人被迫撤回金帐汗国。然后水晶球就作为他们家族的传家宝，由家中的嫡子继承。直到一百多年前弗拉迪斯拉斯·雅盖沃统治时期，乌克兰划归为波兰版图以后，楼下这位安德鲁·恰尔涅茨基的先人才带着家人定居在乌克兰。在波兰，安德鲁·恰尔涅茨基属于家喻户晓的英雄，所以楼下这家人搬来时，我没想到他们会和保存塔尔努夫大水晶球的恰尔涅茨基家扯上关系。"

"这些事都是他告诉你的吗？"

"是的，水晶球丢失的第二天，他就全都告诉我了，他以为我已经知道了他的真实身份。"

"但你之前听说过这个水晶球是吧？"

"有哪个炼金术士没有听说过呢？"克鲁兹回答道，"据我所知，最早它是从东方的某个地方传到了埃及，在一个神庙里被供奉了好几百年。罗马人征服埃及以后，这个水晶球就被带到了罗马。在罗马人占领黑海的那段时间，有一个罗马军官爱上了特兰西瓦尼亚的一名女子，他带领军队被派驻过去时，为了证明自己对她的爱，他将水晶球从罗马的神庙里偷出来献给了她。后来事情败露，皇帝派兵把他抓了回来，可他又逃到了当时的加利西亚现在的哈利兹地区，和妻子隐姓埋名定居在那里的一个偏远小村庄，也就是后来的塔尔努夫村。之后水晶球一直到现在都由恰尔涅茨基家族保管。围绕着这个水晶球，出了很多巫师术士、使用黑魔法的魔法师、占星人和炼金术士，有些是真的，有些是冒牌货。"

"肯定有很多人都想得到这个水晶球吧？"

"目前只有一个。随着时间的流逝，水晶球的下落已经湮没在历史的尘埃中，即便是炼金术士和星相大师都不知道了。直到有一天，安德鲁·恰尔涅茨基家的一个鞑靼仆人逃走了，他跑到东方以后，大肆宣扬说水晶球在恰先生手里，才有了一次寻找行动。你知道，就是那次行动，恰先生在乌克兰的房子被烧，田地被毁。我不知道这些强盗的幕后指使者是谁，可我敢打赌，那个头领一定是收了某些位高权重的人的好处。"

"那天晚上被抓住的那些人什么都没有说吗？"

"没有，我相信他们是真的不知道。而且鞑靼人的习性是宁死也不出卖自己人，酷刑对他们没有用。"

"那个安德鲁有没有怀疑过你呢？"

"他把我当朋友。这让我从心底里感到羞愧，到现在也没有把水晶球还回去。"

"你换个角度想想：如果不是你，那个哥萨克人很可能就带着水晶球跑了，水晶球就永远丢失了。"

"我知道，可这并不能赎清我的罪——我像个贼一样偷走了它！那天晚上，它就掉在安德鲁床边的地上，我看见它的第一眼就立刻想要占有它，宁可放弃进天堂的机会。于是我就趁着院子里乱哄哄的，大家都在看着强盗上房顶逃跑时，把它捡起来，藏在衣服里带上了阁楼。"

"你做得很好。"特林说着，已经兴奋得不能自已了，"看，看这个水晶球。它的光芒舞动，就像有生命一样，随时准备讲述自己的秘密。快，拿把椅子坐到它旁边，就像我给

你催眠时你坐在我旁边那样。然后盯着它——"他用目光控制迟疑的炼金术士，就像一条巨蛇用目光控制一只无助的小鸟，"现在我们再将最伟大的实验重新试一遍。"

炼金术士按照他的吩咐，拉了把椅子坐过来，盯着水晶球。特林从远处紧盯着他。一分钟过去，两分钟过去，三分钟过去，炼金术士仍然看着水晶球，特林视炼金术士或许就像一只猫在玩弄捉到的老鼠。四分钟过去，五分钟过去，炼金术士仍然面无表情，可他的坐姿微微有了变化。他的胳膊和脖子已经僵了，脸上的表情完全像是换了一个人，呼吸也逐渐均匀，比平时更延绵沉稳。他睁大眼睛瞪着前方。

"听我说。"特林的语气突然尖锐起来，变成了命令式的。

"我在听。"炼金术士立刻回答。

特林兴奋得颤抖起来，并不只因为炼金术士比平时他给催眠时更快地进入了深层睡眠状态，还因为他仍然对自己的问话有回应。特林本来以为，在水晶球的作用下，克鲁兹就不会再回应他了。但是，之前特林对他催眠太多次了，令他形成了立刻回答的条件反射。

"告诉我你看见了什么。"

"我看见了一个很像是炼金术士房间的大厅，里面有各种火盆和玻璃的实验用具。这些器具里有燃烧的液体，边上有几把巨大的紫铜壶，冒着蒸汽。"

"看起来，你像是闯进了魔鬼的实验室。"特林高声说道，"里面有人吗？"

炼金术士沉默了一阵，好像正在认真地查看这个大房间。

"没有人。"他最后说。

"有什么手稿吗？"特林问。

一阵沉默。然后——"有，墙上挂着一块羊皮卷。"

"把它拿下来。"

"烫手。"

"不用理它。比起你将得到的，这点痛苦算不了什么。"

"拿到了。"

特林下意识地看了看处于催眠状态的炼金术士的手。奇怪，他的手好像真的被烫红了。"现在念念上面都写了什么。"

炼金术士缓缓开口，好像真的在读，他说的是拉丁文："此处记载，无关是非对错，然世人皆梦寐以求。"

"很好！现在打开羊皮卷。"

又是一阵沉默。终于，炼金术士开口说道："我好像找到了。"

"念！"

"不行，没法念，全都是符号。"

"那就写下来。"特林飞快地拿了一块板子放在克鲁兹的腿上，又往他手里塞了一根羽毛笔。他已经将笔蘸饱了墨水，引导炼金术士将笔放在木板上铺着的一块空白羊皮卷上。

炼金术士写下了一行字：

点金石配方：θ△8

"还有呢？"

炼金术士接着写：

不可思议之事不见得是错误的，因为真相往往隐藏在谎言的表面之下。

"不，这没什么用。你找到其他的配方了吗？"

炼金术士凑近一些，好像在念书一样吟诵着：

"根据底比斯人奥林匹亚都拉斯、埃及人奥桑尼斯、拜占庭人皮赛罗斯和阿拉伯人吉亚布罗夫的说法：先烧热火盆，加入一碗黄色硫黄；等硫黄熔化，会释放出气体；待气体消退之后，再缓缓浇入产自水星的物质水银。两种物质相遇，瞬间便会产生拥有土元素属性的黑硬物质。将这些物质盛出，放进密闭容器加热，直到它再次熔成明亮的红色液体。"

"记下来！记下来！"特林喊道,炼金术士运笔如飞,"还有什么？"

"很多。上面说这就是七金章、翡翠桌、人类的牧人、自然征服自然、自然爱上自然、自然限制自然的秘密。"

"够了。这些都是没用的理论。"特林叫道,"快点找出做炼金石的方法，这样我们就可以把铜炼成金子了。"

炼金术士继续念道："底比斯人左思玛指出，炼金真正的方法为：参照上述方法处理硫黄和水银，再添入印度硝石。再将黄铜浇铸其中，静候片刻，便可炼出黄金。"

"快，快行动！点上火盆，拿硫黄、水银和黄铜来。"特林命令道,"你有印度硝石吗？"

"有,就放在柜子第三层的一个小袋里。"炼金术士回答。特林冲过去，很快便将实验用的所有材料备齐。他是发自内心地相信炼金术士真的找到了炼金术，他对炼金领域的事知之甚少，所以才无知地让炼金术士将人类所知的最危险的材料组合在了一起，而炼金术士呢，他在特林的催眠暗示下无法用自己的正常理性去阻止特林愚蠢的行为。他告诉特林的那些所谓的配方，其实都是基于他自己平时的

研究，只不过加入硝石的念头只是大脑疲惫时的产物。

特林匆匆忙忙地凑齐材料做实验的时候，克鲁兹唱起了一首拉丁文赞美诗，是专门赞美炼金术士和炼金术的：

他点石成金，

变废为宝，

带来无尽的宝藏。

"快点实施炼金术。"特林命令道。仍处在被催眠状态的炼金术士站了起来，凑到火盆前，盆底沾着的白色小碎片是引火之物。他从另一口火盆里拿出煤炭，放了进去。转眼间，盆里所有的东西都变黑了，滋滋地急剧升温，直到盆里的东西全都烧了起来。火焰起初只是很小的黄色火苗，最后变成了上下抖动的蓝色火焰。克鲁兹再将一碗硫黄倒进去，房间里立刻弥漫起一股刺鼻的味道。

特林也凑到跟前，兴奋地看着炼金术士将水银倒进熔化的硫黄里。正如羊皮卷上所写的一样，这两样东西碰到一起，生出了难看的黑色物质。特林又递给克鲁兹一个有盖子的容器。克鲁兹将滚烫的物质放入第二个容器中，然后将后者放回火盆上。他做出的所有的动作都很机械，好像是按照别人的指示在行动。过了几秒钟，他打开第二个容器，见里面的黑色物质已经变成了明亮的红色液体。

"快，硝石，硝石。"特林激动地摩挲着双臂。

克鲁兹从他手里拿过装硝石的小袋，扔进了滚烫的液体里。似乎是出于下意识自我保护的本能，他往后退了一步，跳到屋子中间，同时也一把将特林拉了过去。特林刚想气得大叫，巨大的爆炸声就将整个阁楼震得晃动起来。

"快，抱着水晶球跑下去！"特林一边叫喊着冲向门口，一边扑打着沾在衣服上的火星。

爆炸的碎片点燃了房子干燥的屋顶和墙壁，火焰欢快地跳向四周。房间里所有的东西都烧了起来，这样下去用不了两分钟，人就逃不出去了。炼金术士仍然痴痴呆呆的，可他听从命令抱着水晶球朝楼梯跑去。水晶球在他手里闪闪发光，就像有一百万颗钻石在反射着光芒，上面映着火苗的地方，有的像红宝石，有的像蓝宝石。炼金术士紧紧地用右手护住它，左手则扶着楼梯往下跑，像一个喝多了的醉汉。他就这样跑了下来。特林的身手更加敏捷，炼金术士才到三楼时，他已经跑下院子冲出了院门，大喊着叫人来救火。可是四处都看不见警卫的人影，他只能加快速度边跑边求救。在他去找人的同时，克鲁兹伸手打开院

门，消失在黑夜里，塔尔努夫大水晶球就藏在他黑袍的衣褶下。

在他身后，大火已经烧穿他家的屋顶，蔓延到了相邻的房子。短短几分钟，整个院子就被吞没了。紧接着克拉科夫大学的校舍也陷入火海。风恰在此时转了向，更加助长了火苗朝集市的方向蔓延。这两个人从阁楼里逃出来后不到十五分钟，整个克拉科夫大学就变成了一片火海，火势继续威胁着整座克拉科夫城。

14. 怒火烧城

　　克拉科夫城刚建立的时候，就划分出了四个区，分别是城堡区、陶工区、屠夫区和斯拉夫科夫区。每个区都有一个区长，负责管理辖区内的所有事务，防火救火就是他们的

工作重点之一。所以，守夜的警卫一看见街上起火，且有向自己的辖区蔓延的趋势，就立刻奔去使劲砸区长家的大门，同时撕心裂肺地喊着"着火了，着火了"，希望能让仆人立刻叫醒区长大人。区长听见喊声醒过来，立刻换上衣服，派人去喊消防队，让他们赶紧启动全市的消防应对系统。

与此同时，圣母玛利亚教堂上的警钟也敲响了，因为守夜的吹号手也发现了火情。伴随着钟声，"着火了，着火了"的喊声在城里此起彼伏，红色的火光四处冒头，笼盖住城里哥特式的房屋和教堂，市民们乱作一团。消防队已经架好了灭火设备，同时走街串巷，咚咚地敲着鼓，叫醒所有的商户和学徒，这些人也是灭火的主力军。就这样，全城的行会都被动员起来了，深宅大户的仆人、侍者们都拎着装满水的水桶，站在自家的房顶上，所有的市民则忙着从墙上摘下钩子、斧子和提桶这些法律明文规定各家各户常备的应急物资。

在那个时候，任何一场火灾，无论大小，都是克拉科夫的头等大事，因为城里的木屋或是半木屋都是成片地连起来的，人口密集。大学校舍区域的主要建筑都已经非常古老，木头干枯脆弱，到处都是蛛网，屋顶上哪怕溅上一个小火星，都有可能发展成黑烟滚滚的熊熊怒火。所以当大火顺着街道蔓延，居民们立刻都从屋里涌出来，惊慌失措。每座建筑都纷乱不堪，人仰马翻，从上空看去，整个城市就像一大座蚂蚁窝突然被细心的园丁摧毁或烧掉的一样。

女人带着小孩尖叫着冲了出来；身着黑袍的学生手里抱着手抄本或是羊皮卷，在街上拼命奔跑；其他人带着自己的玻璃试管，或是星盘，或是两脚圆规；狂乱的百姓像没头的苍蝇一样乱撞，一心要逃离炙热，生怕被一路烧来的大火沾身。霎时间，街上堆满了家具、衣服、床和各种个人物品，情急之下的主人将这些东西直接从窗户丢了出来。但如春雨一般溅落下来的火星已经溅在街上的一些东西上了，令许多人连连跺脚，唉声叹气。有的庭院里，那些遇事不慌的人则拼命地同大火搏斗。水管和水桶已经投入使用，烧着的屋墙也在被拉倒。

消防队的水车排成一排，从水渠一直排到火场。这些水车平时是用马拉的，今天晚上有几辆也套了马，可是由于一时之间找不到足够的马，有些车是靠人力拉的。水渠边，人们忙着往水车上装水，装满水的车则立刻赶往不远处的火场，倒空，再从另一条街绕回来，排队等着再次灌满。水渠最近的一段离最开始起火的地方，大约有八英里远。

一群壮汉带着钩子和斧子，在消防队的指挥下包围了

火场。按照目前的火势，要想救下大学的校园区已经来不及了。他们奉命推倒这片区域的房子，无论是不是着了火，以免火势再向外扩大。一个小分队排成一排，站在圣弗朗西教堂前面，另一队前往圣安街，还有一队前往布拉卡街。可是所有的小分队又都撤了回来，因为火势已经从最初的中心蔓延开了。集市上一团慌乱，挤满了从鸽子巷里逃出来的人，很快，抢救出来的东西就堆满了空地。有两家人甚至跑上了罪犯示众台，妈妈们在哄着孩子们入睡，总算找到一块能歇一歇的地方了。

在这一团混乱中，有一个中年妇女、一个男孩、一个女孩和一条狗，他们从被家具和窗户里扔出来的私人物品堆满了的鸽子巷里挤了出来。起火的时候，他们都在睡觉，直到火势猛烈时才被惊醒。可那时已经什么都来不及救了，只能穿着睡衣逃出来。这男孩便是约瑟，女孩便是伊丽莎白，那位中年妇女当然就是恰太太了。伍夫是最紧张害怕的一个，约瑟解开拴它的链子，把它救了出来。它紧紧地跟在他们后面，谦卑恭顺，不知道自己该怎么做。

他们从混乱的人群中往外挤，每个人都各怀心事。约瑟想要冲出一条捷径，可这并不容易。火势变幻莫测，不是一直沿着墙在烧，而是转着圈，一会儿蹿到这儿，一会儿蹿到那儿，在房子上乱蹿，忽前忽后地连成一片，而且速度极快，出人意料的活泼。有时候，他们发现房顶的屋檐正冒出火苗，可当他们冒着巨大的风险冲过去，却发现身后的火苗又顺着风跟了过来；有时候，他们前面突然之间就会出现滚滚的黑烟和火焰，好像有一个隐形的火魔在操控一切，不断给他们送去新的考验，等待他们通过。

终于，他们冲到了鸽子巷与威赛纳巷交汇的十字路口，可是这条巷子里全是冒着烟的横梁和倒塌的木板，根本没法从这边逃走。没有办法，他们只能再次掉头挤进鸽子巷，朝通往布拉卡街的那头逃去。

伊丽莎白满脑子想的全是她叔叔。他们匆匆忙忙下楼时曾喊过他，但并没有任何回应，而且阁楼里闪着红紫色的火焰，如果里面有人肯定也活不成了。约瑟的妈妈则在想着自己的丈夫，也不知道他会不会离开岗位跑回来救火，同时她又希望他们能抢先去找他，以免他为他们担心。

巷子这一段的房屋比较高，因此就算低层也有更多的冷空气。火仍然有向这边蔓延的趋势，可是速度放缓，人可以走得快一些。唯一的困难是，周围几个街区的人全都在向这里涌来，约瑟等三人常常被冲散。最后，他们胳膊挽胳膊，用身子从人群中冲开了一条路。周围的景象悲惨

极了，逃走的男男女女都没来得及带上什么，被冲散的孩子哭得撕心裂肺，努力保证在人群中不被撞到。混乱中，也有病人裹挟在人流中，要么由亲人背着，要么就坐在婴儿车上被推着。一个老人骑在一个年轻人的脖子上，就像希腊神话里的埃涅阿斯背着自己的父亲安基塞斯，从着火的特洛伊城逃出去时一样。

终于，他们跑到了火势追不到的地方，比那晚许多人都幸运多了。约瑟停下来等着妈妈和伊丽莎白喘口气，其实他也很想一屁股坐在地上休息一会儿，然后再朝集市方向的布拉卡街跑。可是他心里却很希望，一旦将伊丽莎白和妈妈送去爸爸值班的高塔，他还能跑回来和学徒们一起帮忙救火，因为年轻人都有建功立业的意愿。三人沿着布拉卡街继续前进，这时，约瑟听见从瓦维尔山的方向传来了马蹄声。

"等一下，"他说着拉着两位女士进入一条小路，"城堡派来维护秩序的士兵马上就要过来了。"

他说得没错。下一刻，一群披盔戴甲手持长矛的骑兵，便从下面的街道冲上了布拉卡街，围住了这片随时都会被大火牵连的地区。几分钟后，步兵和工匠也赶到了，加入警戒团之中，拉倒了火场外围地区的房屋。攻城炮也运到了，外围的房子随之开始陆续被砸塌。

约瑟想，这么做是为了阻止火势扩大。

然后他们三人继续朝教堂前进。但是当他们尚未走出集市的时候，看见一队士兵押着一个犯人走过去，那是士兵们在火场里抓到的。

"小偷！"约瑟说。

"上帝保佑，"恰太太说，"这个人不会那么残忍吧？居然能狠下心，去偷那些已经饱受火灾之苦的可怜人。"

等这群人走近，火把照到被押解的那个人脸上时，约瑟不禁失声大叫。

"快看，妈妈！是纽扣脸彼得，那个偷袭过我们家的坏蛋头子！我们到克拉科夫的第一天就见过他。他还想把我和爸爸关在教堂的高塔里……你看他挣扎得多厉害呀，可是士兵们仍然把他抓得牢牢的。还有，妈妈，抓住他的不是城里的卫兵，而是国王的亲卫兵。你没看见他们盔甲上的王室桂冠吗？你没注意到他们穿得有多么华贵吗？我真想知道这是怎么回事。"

约瑟又说对了。天网恢恢，彼得最终还是落进了法网，而且还是落在了国王的亲卫兵手里。亲卫兵扭着他的样子，明显在表示这是大功一件。他们路过市政厅时并没有停

下——这里是审判一般犯人的地方——士兵们沿着城堡大街，一直朝瓦维尔山上的城堡走去。

约瑟等人来到教堂的时候，发现恰先生已经急得满头大汗了，生怕他们有人受伤。他一个一个地拥抱了他们，然后急切地对约瑟说：

"我希望你留在这里，替我吹完今晚的圣歌。火场那边一定还有很多事要做，所有的人手都应该去帮忙救火……我看克鲁兹阁下没有和你们在一起。他是不是还留在火场，和其他人一起救火呢？"

"爸爸，说实话，我不知道。我们喊了他很多次，可我们下楼的时候，他的阁楼已经烧得很厉害了。"

"那我得去看看，看看能不能找到他。他之前帮了我们那么大的忙，是我们的大恩人，这次就算我们救不出他，也要在废墟里找到他的尸首。上帝保佑，他最好安然无恙，这样我们可以收留他，直到他重新找到住处。"

当听到约瑟说彼得被捕了时，恰先生的表情非常严肃。他觉得，如果彼得的人还在城里，那他最好还是不要丢下妻子和孩子们。可是他又转念一想，自己应该出去，因为整座城都被火光照亮了。而如果约瑟他们有危险，呼救是很容易的。

所以他就和众多其他英勇的市民一起去和那晚克拉科夫的大火搏斗。他们围成了一个圈，把火场团团围住，拉倒了所有可能会令火势扩大的建筑物。大学的附属中学是靠近城墙的最后一栋建筑物，救火的人几乎拆掉了旧犹太门附近所有的房屋，阻止了火势的蔓延。火焰横扫了大学的其他建筑，烧毁了一两栋，但并非全部，终于在圣安街的前一条街处得到了控制。另外一个方向的运气就没有这么好了，由于那里的火起得较早，修道院和弗朗西斯教堂附近的房屋全都被毁了，城堡街对面的整排建筑也没能幸免。

　　在这些地方的外围，众人已经挖好了一条宽阔的防火带。一辆辆装满水的水车，从水渠边沿着防火带陆续驶来，洒湿地面，直到所有的地方都被水浸透。市民们和大火奋战了七八个小时后，虽然有的地方后来还被黑烟和火苗笼罩了几天，但当防火带修建完成时，最危险的时刻就过去了。

　　第二天一早，当恰先生迎着朝霞回到高塔时，克拉科夫已有将近三分之一的地方被烧毁。幸运的是，被毁的都不是最重要的地方，有许多是在卡兹米尔一世在位之前就已存在、一直保留到今天的老木板房。早在一百多年前，伟大的卡兹米尔一世就将城里一多半的房子，从木头房改成了石砌房。如果不是这样，那么 1462 年的这场大火可能

就把整座城烧毁了。

伊丽莎白和恰太太相拥着，睡在吹号手休息用的床上。约瑟坐在外面，前面的木梁上放着沙漏。他正盯着外面大学校区上空冒起的黑烟。

"城市得救了吗？"这是他见到爸爸以后，问的第一个问题。

"已经脱离险境了。"恰先生回答，"可是，今天城里多了许多无家可归的人。"

"你看见伊丽莎白的叔叔了吗？"

"没有。他好像消失了，就像乘着黑云从城里飘走了似的。"

"可怜的伊丽莎白。"约瑟说。

听见有人提起自己的名字，屋里的女孩轻轻呻吟了一声，虽然她睡得很沉。

"不知道他当时在不在阁楼里，"恰先生小声地说，"那里就是这次火灾的源头。"

回答他问题的是一位突然到来的访客。楼梯上响起了脚步声，杨·甘地修士露出头来。这位学者还搀扶着一个人，这个人显然也在火场待过，从他破破烂烂的衣服和被熏黑的脸就能看出来。而从贴在他肩膀和腰间仅剩的衣服可以看出来，他原本穿的是一件黑袍。他的双手一直藏在黑袍底下。

"恰尔涅茨基阁下,"杨·甘地轻声说,"我在大街上发现了他,克鲁兹阁下。"看到恰先生惊愕的表情,他解释道:"他现在神智有些失常,像是受了什么刺激。但是,他有一件我们所有人都很感兴趣的东西。"

恰先生看着炼金术士,如果不是杨·甘地这么说,他无论如何都认不出来眼前这个人是谁。约瑟不知怎的,一直好奇地盯着这个古怪的人,还有他那藏在破袍子下面的手。那可原本是一袭学者的黑袍呀。

"哈哈哈!"炼金术士突然狂笑起来,"大火烧光了一切,可还是没有找到金子。约翰·特林!"他看上去很焦虑,"约翰·特林呢?他还没有回答我呢。着火以后他就不见了,炭里加了硝石以后,就起了红紫色的火。哎呀,约翰·特林!快来,约翰·特林,看看我为了你,今天整个晚上一直捧着的这个东西!"

他把黑袍的下摆往身后一撩,拿出了藏在里面的东西。这时阳光正好从东方的小窗口洒进来,照在它的上面。它立刻闪出了璀璨的光芒,像有一万颗钻石同时在草原上闪耀,又好像是瓦维尔山上国王大殿里的千盏水晶灯,还好似王后冠上的红宝石和蓝宝石。这个遇到朝阳红辉而发出夺目亮光的,正是塔尔努夫大水晶球!

"它怎么会在这里?"恰先生大声喊道,惊醒了在里屋睡觉的两人,"看在世上所有好心人和圣人的分上,告诉我,你是从哪里找到我家的传家宝的?我一直遵守祖训,发誓要好好保护它,保证除了波兰国王以外,谁都不能得到它……它被偷走以后是怎么到你手里的?要知道,丢了它我的心都差点碎了。你是在那个贼被国王逮捕时,得到它的吗?还是在被毁的大街上找到它的?还是说,是你——"这个突如其来的想法吓得他不敢再说下去。

"它受了诅咒!"炼金术士突然大喊,紧跟着像要晕倒似的跌进了杨·甘地修士的怀里,"它上面有血,还有火!它会引诱王公贵族走向灭亡!它会令人失去理智,产生贪婪!它让好人学会偷窃,让坏人有胆子去杀人。我不要它了,我说,我不要它了!"他已经处于接近狂躁的状态中,但仍有一丝理智和决心。"我不要再和它打交道,"他喃喃地重复着,"我也不要再和约翰·特林打交道。"

说完,他就昏倒在地。

杨·甘地刚刚搀起克鲁兹,从里屋跑出来的伊丽莎白就冲到了他跟前,亲吻他,拉住他被熏黑的手。

恰先生捡起水晶球,捧在手中笑了。

"愿我们所有人得享安宁。"他说,"我终于可以遵照祖训，将它献给国王了。当它还是藏在我手里的秘密时，我只能尽可能地保住它。可如今这已经不再是秘密，所以唯一安全的地方就只剩下国王的宫殿了。克鲁兹阁下说得对，这个宝贝已经给世界带来了太多的灾难。"

"那你最好立刻就把它献出去。"杨·甘地说，"国王两天前已经回到克拉科夫了，也许等天色大亮，我们就可以去请求觐见。"

15.卡兹米尔王

克拉科夫城所有美妙的景色，都比不上约瑟眼前这座瓦维尔山上的皇家城堡来得令人心潮澎湃。尽管遭受过多次攻城炮的围攻，它仍然屹立不倒，高塔、角楼和城墙的砖石仍然牢固如初。在高高地俯瞰着维斯瓦河与克拉科夫城的城堡正中，建了一座奇怪的圆塔，被宫殿的两翼围护在中间。这是古人祭祀原始农神的祭坛，市民很少有机会进入这里参观。此刻，约瑟正站在里面，想象着曾经的景象。

他对克拉库斯的传说耳熟能详，这位在黑暗世纪里屠龙的英雄就曾经隐居在这座山上。据说，山上有一个山洞，可以从城堡直通河底，是城堡被围困时的秘密通道。这里还曾经是龙穴，在英雄来降伏它之前，龙一直居住在这里。直到被英雄降伏，英雄就住在瓦维尔山上。之后人们在这儿建了许多高耸入云的尖塔和钟楼。这所有的一切约瑟似乎都已见到了，他看着这些牢固、威严的建筑，任由自己的想象驰骋。可是，他还尚未见到这里最高的荣耀，那就是波兰王的荣耀。

但是这天早上，火灾过后，这一小群人出发前往瓦维尔山的时候，约瑟一想起他们这次即将开启的冒险历程，心跳得就异常厉害。一想起要见到国王，一想起可以蒙他召见，他就禁不住耳鸣，指尖微颤。

他们遵从杨·甘地修士的建议，带着炼金术士一起去，不过炼金术士仍像在梦游一般。

"今天凌晨，我发现他独自在冒火的街道上游荡。"修

士说，"昨天晚上，他就这样一个人在全城最危险的地方
瞎跑，我都不知道他是怎么逃过掉落的房梁和燃烧的木炭
的……这个人心里有事，像是有什么严重的困扰，所以，
他才会有这种中邪似的表现。"

"您认为带他一起去明智吗？"恰先生问，他从一开始
就认为这个人在场毫无益处。

"是的——我有种奇怪的念头，"修士说，"他有可能会
帮上大忙。我们有太多事要向国王陛下解释了，而他会令
我们的说法变得更有说服力。天知道，也许克鲁兹阁下自
己也可以得到帮助——他需要有人替他解开心结，既然他
人畜无害，带上他也无妨。"

炼金术士的脸和手都已经洗干净了，身上基本上已没
有被火烧过的痕迹，但他的长袍肯定是补不好了，所以恰
先生找了一件长外套披在他肩上。

约瑟随着三人一起出发。伍夫留在高塔里，趴在房间
的地板上睡觉。恰太太和伊丽莎白也都留在那里，值白班
的吹号手答应恰先生暂时照顾她们。恰先生和修士必须一
路帮着炼金术士看路，因为他经常乱跑，像是在梦游，但
是他步伐沉稳而坚定，虽然不知道身边的情况，但是他确
信这两个人是他的朋友，正领着他去某个好地方。

他们沿着城堡大街爬上斜坡，向瓦维尔山上的城堡走去。身后是一条又一条荒凉的街道，冒着黑烟的废墟，随处可见还没有完全扑灭火的破屋。仍然有人在街上奋力地忙碌着，拆除烧焦的木梁，用水车拉来一车一车的水，现在水车都是由马来拉了。在城堡街一侧，毁坏最严重的地方就是鸽子巷，几乎整条巷子都被烧平了。圣安街上也只有几栋房子幸存，贝克街、金匠街、犹太街和博达街也都有不同程度的损毁。

杨·甘地一行人在前往宫殿的途中，被人拦下来两次。每次负责盘查的士兵一看是好心的神父来了，便不再有任何疑问，干脆利落地放行。在约瑟看来，这更加证明了杨·甘地值得尊敬，但修士自己完全没有骄傲自满，只是像一个孩子对待世界所有的奇迹一样，认为自己的名字可能有魔法，哪怕是在国王的宫殿里。终于他们站到了瓦维尔山上通往宫殿的小路入口处，这里的侍卫举起长矛向学者致敬，请他们稍等，他先去通报一声。

很快，士兵返回来了。"陛下口谕，"他庄重地说，"任何杨·甘地神父的请求均可满足，只希望他们可以静候几分钟，等他接待完眼前的客人。"

他们等了约有十五分钟，一个身穿蓝袍、看起来官职

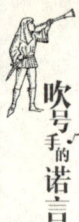

很高的人出来宣布，卡兹米尔·雅盖沃国王陛下宣杨·甘地和他的朋友们觐见。

四个人被领进了一座宽敞的庭院，跟着穿蓝袍的传令官踏上左边的大理石台阶，走上了一座大露台。突然，左右两扇门打开来，他们就走到了国王面前。

就算事后回忆起来，约瑟仍然觉得这像是一场梦，安安静静，毫无繁文缛节。卡兹米尔国王在一个小厅里接待了他们，在这里被接见的人都无需受礼节的拘束，杨·甘地就是享有这种特殊待遇的人之一。

约瑟和爸爸单膝跪在国王面前。国王坐在一张高背宝座上，顶上没有华盖，只有一个皇室的王冠。王冠就悬在国王头顶，一开始会让人误以为它其实是戴在国王头上的。他穿着一件宽大的滚了毛边的紫袍，下摆一直垂到软皮的鞋子上；衣领上有着多彩图案的刺绣，领口由一条分量十足的金链扣住，衣领下面能看出里面用金线绣成的奢华背心。袍袖又宽又大地垂放在他的膝头。他的头上戴着和袍子同色的小帽子，软软的，两边微翘。

国王似乎很随和，可他的卫兵们却很紧张。在国王的两侧，分别站有一名全副武装的卫兵，胳膊、胸前、大腿和小腿都覆盖着坚硬的甲胄。他们的腰间配着短剑，时刻准备奉命拔剑与人战斗。这两个人面无表情,仿佛雕像一样。厅里还站着穿不同盔甲的骑士,有些只在长衬衣下穿了薄甲,有些则穿着图案如象棋棋盘一样的锁子甲,只长及大腿,有些则从头到脚都是重盔重甲,足蹬带有马刺的金属战靴。

在国王面前,站着两个手持节杖的文官。国王讲话时,他们也面无表情。

"这是怎么回事?"国王询问走上前来要吻自己手背的修士,让他免礼,"在我面前的,是昨晚因为大火而无家可归的可怜市民吗?"

"正是。"杨·甘地答道,"但我们前来是为了另外一件事,任何人都会更感兴趣的事。这次请求觐见的,其实是这位恰先生和他的儿子约瑟。他们一家姓恰尔涅茨基,原本住在乌克兰,后来因为受暴徒迫害才迁来本城。"

"哦?"国王很感兴趣,对恰先生说,"请起来吧,告诉我你遇到了什么事,因为这也是我正感兴趣的事。我收到了许多来自乌克兰的消息,不过没有一个是令人高兴的。你又遭遇了何种不幸呢?"

"如果陛下允许,"恰先生说着站起身,从外衣底下掏出水晶球来,"我愿意将塔尔努夫大水晶球献给陛下。"

他一举起水晶球,遇到阳光的水晶就立刻散发出美丽的

光芒，赤橙蓝黄四个颜色在厅里看得分明。人们看见它的光，就如同见到了闪电。国王倾身从恰先生手里接过水晶球。

"多么神奇！多么美丽！"国王喊道，周围的臣子和卫兵也都惊讶地小声议论。"你究竟是从哪里得到了这么神奇的宝贝？"

"我也不知道。"恰先生说，"不过它在我家的祖祖辈辈间已经流传了很久。"

"那你为什么要把它献给我？"国王问，"它至少抵得上皇宫里所有宝贝的四分之一的价值。"

"请容我向您解释。这颗水晶球在我的家族，已经差不多有两百多年了，我们家世代发誓要一直守护它。直到它的藏身之处不再是秘密，并因此引来大祸时，我们就要将它献给国王。"

"那么，它藏身的地点被发现了？但先告诉我你们藏着它的理由。"

"陛下，这可就说来话长了。如果陛下感兴趣，我可以将详细的经过写下来。不过简短地说，就是许多年以前，塔尔努夫村陷落于鞑靼人手里，众人推举由我的家族来保护这个水晶球。我的祖先发过誓，一定要用生命来保护它，以防它落入一个滥用其能力的人手里。因为它虽然美丽，却暗藏着奇怪的魔力,近似于巫术和黑魔法。它一再实施诅咒,是一个神秘之物,邪恶之源。塔尔努夫村重建以后,新的居民陆续搬来了,而水晶球则一直留在了我的家族之中。"

"那这个秘密是怎么被人发现的呢?"

"我有一名仆人,是鞑靼人。他在我家服侍了许多年。我原本将水晶球藏在一个南瓜里,也许这个鞑靼人见过我多次把南瓜去瓤,并擦拭涂油,进行保养。我一直以为他是个老实人,所以并没有防备。不过,看起来,像他这样的一个并不机灵的人也不缺乏好奇心。我现在相信,正是由于好奇心的驱使,他才开始监视我,最后发现了南瓜里藏着的秘密。差不多一年以前,他从我家逃跑了。他走了几个月之后,我家就遭到了袭击。一定是他将消息卖给了鞑靼某个部落的首领。"

"他知道这个水晶球的价值吗?"

"这个我并不清楚。不过据我所知,关于这个水晶球的传说,一直在鞑靼人和哥萨克人中间广泛流传。他们的孩子是听着它的故事长大的,所有人都希望自己长大以后能找到它。"

"你是多么美丽!"国王看着水晶球说,"你能开口告诉我,都有谁曾经成为过你的主人吗?你这残忍、神奇的小

东西。"

　　恰先生又在国王面前单膝跪下来。"陛下，请您收下它，保护它。"他带着最诚挚的感情恳求着，泪水顺着脸庞滑落下来，"它已经给这个世界带来了太多的苦难。对于我的族人来说，保护它已经成了一种负担，一种永无止境的忧虑和痛苦。我的先人，在许多许多年以前，甚至挖了一条地道，时刻准备着带它逃亡。多年来这条通道只有一家之主知晓，其他人概不知悉。

　　"虽然它是如此美丽的一件宝物，可我打心眼里痛恨它，希望永远都不要再看到它了。因为它发出来的每一道光，都有千百人争着抢着要得到；它映出的每一种色彩，都会让痛苦和灾难遍及整个国家。我信守诺言保护了它，可是不愿再守下去了。我已经履行了我的誓言了。"

　　国王仔细看着水晶球，突然打了个冷战，好像看见了什么可怕的东西。

　　"再过几年，我就会老去。"恰先生用恳求的口吻继续说道，"我在乌克兰的家已经没有了，如今我的房子被烧了，田地也荒芜了，全都是因为手里这个宝贝，正所谓匹夫无罪，怀璧其罪。"

　　他又把逃离乌克兰以后的事讲了一遍，比如追兵，比如想抢劫他家的人，还有那次在高塔上被袭，以及纽扣脸彼得五次三番对他下手的事。

他最后说："我不知道是谁派这个人来盯紧我的，可是我的儿子约瑟告诉我，说您的卫兵已经抓住了彼得。请让我和他当面对质，这样我也许就能弄清，究竟是谁将我赶出了乌克兰。"

他这么说的时候，国王渐渐将注意力从水晶球身上移开了。当他提到彼得的名字时，国王激动得再也按捺不住。

"我是逮捕了这个人。"他喊道，"可以带他上来。我在乌克兰的探子汇报说，最近有一系列谋反事件都跟这个叫彼得的人有关——波兰人可能更愿意叫他巴丹。我将他的样子告诉亲卫兵，还悬了重赏。昨天晚上他们在火场附近发现了他，就将他抓了起来。我立刻叫人把他带上来。"

两个卫兵把彼得押了上来。行走之际，手铐和脚镣都哐啷作响。一开始他都懒得看向恰先生一伙人，他只是看着国王，抱着胳膊，态度很顽固。两个卫兵走过来，按住他的头迫使他跪下。

然而，当他的目光落在了水晶球上之后，他脸上的不逊消失了。国王之前将它放在了自己身前的地上。彼得左右看了看，带着痛苦的恨意盯着吹号手和炼金术士。

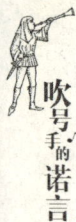

"你被控犯了背叛波兰之罪。"国王立刻说,"你还有什么话要说吗?"

"控告我的是谁?"

"乌克兰政府。"国王回答道,"如果再多加一条的话,我面前的这个人还可以控告你抢劫,因为你摧毁了他的房屋和田地,还趁他在高塔值夜班时偷袭了他。这其中任何一条罪状都是死罪。"

彼得一时之间并没有惊慌失措。他明白自己若大呼冤枉,只会适得其反。他打算以退为进,换取有利的局面。

"我要赎回自己的自由。"他说。

"那你的消息值得我答应吗?"国王问。

"非常值。你的乌克兰正面临危险。"

国王想了一会儿。他很不情愿饶彼得一命,因为彼得做了太多的恶事;可是另一方面,也许彼得掌握的情报又真的很有价值。当时整个乌克兰正处于战争一触即发的状态,就连他最信任的探子都探不出个所以然。那个时候通常从犯人口中挖情报都需要施以酷刑,这种方法在战场上很普遍,可是像彼得这种深知自己没救的人,一般是不会说实话的。哥萨克人的嘴巴都很严,彼得身上的哥萨克血统足以让他在乌克兰和东方被当作哥萨克人。

"今天我很愿意发发慈悲。"国王回答道，"我的城中已发生了太多不幸，我不希望再增添罪孽。再说，就算判你死刑，也不足以抵消你所犯下的罪，不如让你的情报为国家做一点贡献。我本可以对你用刑，逼你说出这一切，不过，我愿意选择一个更加简单的方法……但是，你听好了，"他威胁这个哥萨克人，"你所说的每一句话我都能听出来是真是假——我在乌克兰也有情报来源——如果你胆敢说一句谎话来糊弄我，我就一定会把你推出去，吊在高塔大门上绞死。你听明白了吗？"

"明白。"彼得回答。听见这些话时，他的脸色有些泛白。他是一个胆大又不怕死的人，不然也不会在两次袭击都失手以后，还敢潜回克拉科夫。而他不怕死的前提是，他是自由的，还可以战斗。可他现在一想起会被吊死就吓得两腿发抖，他已打定主意只说实话。毕竟，一切的荣华富贵全都泡汤了。水晶球也落在了国王手里，他连碰都碰不到。

"有一件事，"他压低嗓音说，"陛下，我请求您一件事：今天我对您讲的话谁都不能传出去，因为一旦传了出去，我会没命的。"他猛地打了个响指，"我恳请您答应我，陛下。"

"我答应你。"

"那么请听我说。我的真名叫巴丹，乌克兰人都叫我恐

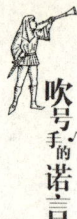

怖巴丹。两年前的三月，我奉召去了莫斯科，一个很有势力的人跟我说，有个大人物有事找我。我一向乐于接受新的挑战，于是欣然前往。不过我们哥萨克人对莫斯科人其实一点好感都没有。到了那里，我被带去见了伊凡。"

国王打断他："你是指——"

"我指的就是伊凡大公，莫斯科的最高统领，那个瞎子的儿子。人们都说他的野心是成为大帝，将附近所有的地盘都统一起来。"

国王咬着嘴唇，眼睛猛眨。"这件事他们早就汇报过了，"他愤怒地喊道，"我只是需要你来替我证实一下。伊凡——伊凡——那个表面上假惺惺地对你友好，背地里却想密谋袭击你的小人。"他走下来在厅里踱了一会儿，转头重新看着犯人。他的语气冷静下来，恢复到先前。"继续往下说。"他命令道。

"这个伊凡确实很擅长两面三刀，可是他的野心还不止这些，他梦想着建立一个帝国，统领所有边境以外的人，从鲁塞尼亚人到立陶宛人。可他知道，这些人眼下都愿意接受波兰的统治，就连现在鞑靼人统治下的城市基辅也是一样。他计划攻击在乌克兰的波兰人。有人建议他鼓动鞑靼人去对付波兰人，他甚至派出使节去找可汗出兵。结果可汗的回答令人十分惊奇。"

"可汗怎么说？"国王问。

"可汗说，他同意率领鞑靼军队消灭在乌克兰的波兰人，但是有一个条件——伊凡大公要将塔尔努夫大水晶球交给他。"

听到这里，所有人都感到很意外，包括他们中间最为稳重的恰先生！谁都没想到这个水晶球会有这么重要。

"他是怎么知道水晶球的事的？"国王问。

"在东方，人人都知道塔尔努夫大水晶球。"巴丹回答说，"每一个魔法师、占星师甚至连头领和王子都想要得到这个宝贝。据说，它除了是一颗价值连城的宝石之外，还有一种能力，可以让人预见未来，或是找到世上所有的宝藏，甚至可以让人看见死去已久的人的模样。当然，种种传说不一而足。自从鞑靼人西征时，将水晶球丢在塔尔努夫以后，他们就一直在不遗余力地想要找到它。"

国王想了一会儿。"那么鞑靼的可汗是不是知道，就算他要，伊凡也拿不出来这个水晶球呢？他会不会只是想以此作为拒绝出兵的借口？"

"我的好陛下，没有这样的事。"巴丹特别强调说，"不久前，那个从他家跑出来的仆人，"他指了指恰先生，"那

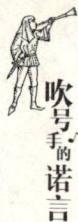

个人到处散播消息，说水晶球有了下落，就在乌克兰的某户人家里。您肯定能猜到，这件事一定传到了可汗的耳朵里，他对奇珍异宝的执念简直近乎疯狂。我从伊凡那里离开以后，就去了鞑靼部落，听闻了此事。于是伊凡便答应可汗，会替他拿到水晶球。"

"你就是那个使者？"

巴丹鞠了一躬。

"那是伊凡派你去安德烈家把它偷走的喽？"

巴丹又鞠了一躬，但这次只是微微的一哈腰。

国王的眼中喷出了怒火。"你这条走狗！"他斥责道，"你比基督徒知道的所有畜生都还不如！为达目的你不惜毁人家业和田产，啊，对，你还想杀了他……上帝知道，我肩负治国的重担，我想要的只是天下太平，四邻和睦，百姓安居乐业。可是波兰从来都无法躲避战火的羞辱，西面和北面两处受敌还不够，现在我们连东面和南面的幸福也要被人夺去。哦，波兰啊波兰，什么时候你的儿女才能真正享受到上帝为人类设计好的幸福呢？……至于你，"他说着一指巴丹，"你还有什么要说的？"

"胜者王侯败者寇，"巴丹悲愤地说，"我只知道我会得回自由，因为雅盖沃氏从来不会食言。要不是那个家伙——"

他说着一指站在后面、半垂着眼睛静观这一切的炼金术士，"这个水晶球早就是我的了！"

国王没有回答，只是对卫兵说："把他带下去。"

一个身穿盔甲的卫兵走上前来。"明天天一亮，就把这个巴丹交给弗洛基安门的守城士兵。告诉他们，要亲眼看着他安全地走出边境线，但是，他到边境线之前，手铐脚镣不能摘下来。到了以后，恢复他的自由。可如果他胆敢再踏进波兰的领土一步，就马上找棵最近的树将他绞死。"

卫兵离开以后，国王对恰先生说：

"在这件事中，我以波兰国王的名义，向你的勇敢和爱国之心致以最忠诚的嘉奖。你的家族能够在这么多年中忍受痛苦，信守诺言，是无上光荣而高尚的。所以，我要向你致以最真挚的感谢。"

他摘下了挂在领口的金链。这条链子精美绝伦，用纯金打造出了结实的链环。

"戴上它。"他说着亲手将金链戴在恰先生脖子上，"这条链子是对你的忠诚的嘉奖。国家会补偿你所遭受的损失，你为了大家，已经失去了太多太多。如果这个水晶球真的被偷走送给了可汗，那么乌克兰恐怕又要遭受鞑靼和伊凡军队的荼毒了。等时机合适时，我会再郑重地嘉奖你，给

你应得的赏赐。"

杨·甘地见这次的觐见到了尾声，便使了个眼色，所有人又都跪在国王面前。

国王也弯下了身子，但只是为了拿起水晶球。刚才在整个聆讯过程中，水晶球一直就放在他的脚下。约瑟这时抬起头，见国王正愣愣地盯着它，仿佛完全忘记了面前的一切，像做梦一般地把它拿起来，端详着这个危险又美丽的东西。

16. 水晶球的结局

事情发生得太突然了，约瑟和爸爸仍然跪在下面，当天的情况却发生巨变——动手的人是炼金术士克鲁兹。

原本克鲁兹一直静静地听着整场谈话，听着国王和恐

怖巴丹你一言我一语，听着问询和质疑，听着他们势均力敌的争辩，看着他们比手画脚，听着国王最终的决定，尽管他的眼睛半睁半闭的。就在这最后一刻，他突然从人们背后冲上去，像一条抢食骨头的狗一样，猛地将塔尔努夫大水晶球从国王手里抢了下来。

他抱着水晶球冲了出去，好像疯了一样，直接冲到殿外，把两边的守卫都吓了一跳。

"拦住他！"杨·甘地喊道，"他可能会做傻事！"

守卫们反应过来，伸手去拦比风跑得都快的炼金术士。可炼金术士已经跑出大门，来到了外面的露台上，又顺着台阶疾速跑下了庭院。那里的守卫也还处在惊愕中，不知道该以什么名义去拦他。要知道，他可是杨·甘地修士带来的，是国王尊贵的客人。克鲁兹穿过庭院的小门，速度更快了，身后跟着国王、仪仗队和卫兵，恰先生和约瑟紧随其后，杨·甘地修士落在最后面。他们也跑过露台，命令下面的守卫去拦截炼金术士。这道命令立刻被传达给了下一道门的守卫。可是，炼金术士就像一阵龙卷风，连续闯过手持武器的卫兵的重围，跑出了城堡，再顺着山坡跑到了下面的平原上，紧跟着左转，向瓦维尔山脚下的维斯瓦河跑去。

恰先生和约瑟继续带着卫兵去追，国王望着炼金术士逃跑的方向，则带领杨·甘地修士来到紧挨河边的城堡，眺望炼金术士的行踪。炼金术士跑到河边时转过了身，以跳下河为威胁，阻止追兵再上前。每年的这个时候河水水流最急。追兵们只得停下来，面面相觑，等着炼金术士先开口。

"你们听着。"炼金术士喊道，他先看了看站在不远处的士兵，然后又抬头看了看城堡上面探出身来朝这边看过来的国王和杨·甘地。

他静静地站了片刻，神情古怪，身上的衣服非常凌乱，头发也在风中凌乱地飘着。他动容地抱着那颗美丽无双的水晶球。

"听着！"他提高声调，厉声说道，"偷走恰先生水晶球的人是我。我在见到它的第一眼，就失去了理智，许多人在见到它的第一眼，也都失去了理智。从它身上，我看见了古往今来所有法师和炼金术士的贪念，看见了能让我完成一项青史留名、为万世仰望的功绩的手段。我没能抵御住诱惑，我堕落了，但我要确保不能让这颗受到诅咒的石头继续为害人间了。"

他停了下来，这通长篇大论下来难以自已，可马上他

却爆发出了一阵狂野的大笑。"有个大学生叫特林，"他喊道，"对，就是特林。他曾经是我的学生。我们两人都知道，我看着水晶球的时间太久，意志力受到了损害。可是他说，如果我们能成功发现炼金石的配方，我们就可以拥有无限的力量，于是，他逼迫我念出从水晶球里看到的配方。可我看见了什么呢？我只看见了自己疯狂的想法。最后，我们两人一无所获，却给整个克拉科夫带来了混乱和灾难。就因为我们俩的疯狂，半个城都变成焦土，男人、女人和孩子全都无家可归，陷入了贫困之中。"

他说着说着，声音有些颤抖，几近呜咽。他站在那里，颓废的身影显得那么凄凉。他低下了头。

"住手，先生！我们是你的朋友。"杨·甘地修士喊道。

"不，如今我已不配再有朋友。不过——"他突然挺直了身子，"既然这东西会引起人与人之间的争吵，国与国之间的战争，不如我现在就让一切结束吧！"

说完，他像巨人般站直身躯，转过身来，高举双臂，使出全力将水晶球掷了出去。

有那么短暂的一瞬间，水晶球悬在天与地之间，就像一个闪光的泡泡或是一颗流星，然后往下坠、往下坠、往下坠——终于扑通一声掉进了黑幽幽的、水流湍急的维斯瓦河，随着浪花翻滚了几下，沉没不见了。一切恢复如初。

旁观的人群默默无语。炼金术士的行为庄严、脱俗、超越自然，他的情绪如此炙烈，而水晶球又是如此的美妙。杨·甘地修士说："我们一起祈祷吧。"所有人听了，全都跪了下来。他们做完简单的祈祷之后，走过去搀扶起跌坐在地上的炼金术士。他好像突然被疾病击倒,变得十分虚弱。大家把他带回了圣母玛利亚教堂的高塔，让他的侄女和恰太太照顾。

同时，国王和杨·甘地修士单独商量了一下。在反复衡量利弊之后，他们决定不将水晶球从河里打捞上来。历史上，已经有太多人为了争夺它而受到伤害、遭遇不幸，尽管它精美绝伦，却决不值得拥有。

就算把它藏起来，万一被发现，还是会有境外的势力想要得到它，难道要国王的军队和整座瓦维尔城堡永远处于备战状态吗？所以，没有比它现在所待的地方更安全的了。

直到今天，也没有人去打扰它的安宁。虽然后世不断有人去寻找它，但是自从 1462 年炼金术士克鲁兹将它扔进维斯瓦河之后，它就一直静静地躺在瓦维尔城附近维斯瓦河底的某个地方。

恰先生依靠国王的赏金，在乌克兰重新修葺了家园，

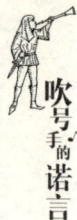

同年翻整了田地。他将伊丽莎白和炼金术士接来与自己同住。经过之前的事情，炼金术士的身体已经大不如前，调养了很久。他恢复理智时，已经是将水晶球扔进河里几天以后的事了。可他的理性虽然恢复，却完全记不得自己浑浑噩噩时做过的事了。学生特林在火灾以后，也回到了在德国的老家，再也没在克拉科夫出现过。许多年以后，他依靠变魔术在家乡赢得了一点名声，据说，他常常召唤魔鬼来协助自己。

约瑟继续在大学完成自己的学业，一直到二十二岁大学毕业。然后他回到乌克兰，继承了爸爸的产业。不久，他便迎娶了与他青梅竹马的伊丽莎白。……现在，既然我们迎来了这个故事的欢喜大结局，那就让我们以每个波兰人的心愿作结吧，那也是波兰国歌中最重要的一句话：

愿上帝保佑波兰

尾声 休止符

　　现在是 1926 年，维斯瓦河已经改道，不再环绕瓦维尔山后的克拉科夫平原直流而去，也不再是卡兹米尔城与克拉科夫城的河界，它在远处向左转弯，环绕着整个平原，

也就是如今的新城市。城堡、高塔还有瓦维尔山的大教堂，仍然高高地傲立于山顶，比起往昔毫不逊色。圣安德鲁大教堂经过了八个世纪的战火洗礼，仍然屹立在城堡大街的街头；而在文艺复兴时期被美丽装扮的老纺织会馆，也还在集市的正中心。虽然这座城市过去的辉煌已不再，瓦维尔山的城堡里也没有了国王，可是十四世纪遗留下来的大学、艺术、音乐、手工艺品和贸易，都为后世创下了新的文化上的辉煌。来自波兰各地的学子们住的这座文化名城里，到处都是哥特式的建筑物，除了一些零零星星逃过鞑靼人、哥萨克人和瑞典人的蹂躏而保留下来的罗马风格的山墙或拱门。

然而，这座城里最杰出的荣耀依然属于圣母玛利亚大教堂。它不再独自静处，不再如先前那样隔着老远就能望见全部——远远望见高塔的游人必须穿过包围住它的重重建筑物，才能得见它的全貌。它突然露出的威严的姿态仍能震撼游人。潜藏在高高房顶的静谧骤然而下，像成千上万只白鸽飞下来啄食广场上的面包碎。高塔脚下仍然是旧城的墓园，墙边依然有石碑和陵墓，南边的铁门旁仍然放着铁圈，用来扣住来这里祈祷、为自己的信仰布施的罪行不重的犯人的脖子。教堂内部，仍然美丽不可方物。精致的木雕上方，拱形屋顶被漆成蓝色，缀满了星星。哥特式的凹槽里全都是朝下望着的各式大理石人物雕像，而石碑、旗帜、圣餐台和陵墓等等，同样有令人惊叹的美丽。

但你听，那是什么声音？那如同天籁般的音乐是从何处传来的？哦，是从高塔上传来的。每隔一小时钟声一响，就会有吹号手在一扇开启的窗户后吹起几百年前鞑靼人火烧克拉科夫城时，那个年轻的吹号手所吹奏的那首歌。听呀，那首歌在中途突然停止……《海那圣歌》吹响了四遍，因为吹号手要站在东西南北四扇窗前各吹一遍。无论男女老少，只要一听见这首歌，就会想起许多年前，有一个年轻人将生命奉献给了这个国家、给了上帝和他自己的使命……从那时起，波兰一直战乱不断，历经了百年的战争、一个世纪的消失。可是，无论何时，《海那圣歌》总是每隔一小时准时响起，就像一个经久不变的诺言。吹号手依然发誓要守卫这项传统，直到永远。听，号声又响起来了。

愿它将和平带给全人类！

图书在版编目（CIP）数据

吹号手的诺言／（美）凯利著；李广宇绘；枣泥译. 一昆明：
晨光出版社，2013.1（2021.6重印）
ISBN 978-7-5414-5416-5

Ⅰ.①吹… Ⅱ.①凯… ②李… ③枣… Ⅲ.①儿童文学－长
篇小说－美国－现代 Ⅳ.①I712.84

中国版本图书馆CIP数据核字（2012）第320605号

吹号手的诺言！

The Trumpeter of Krakow

出 版 人 吉 彤

作　　者 〔美〕埃里克·凯利
翻　　译 枣 泥
审　　译 张 勇
封面绘画 李广宇
内文插图 〔美〕亚尼内·多曼斯卡
项目策划 禹田文化
责任编辑 李 政　常颖雯
项目编辑 付凤云
美术编辑 刘 璐
封面设计 萝 卜
版式设计 孙美玲　MiRose

出　　版 云南出版集团 晨光出版社
地　　址 昆明市环城西路 609 号新闻出版大楼
邮　　编 650034
发行电话 （010）88356856 88356858
印　　刷 北京润田金辉印刷有限公司
经　　销 各地新华书店
版　　次 2013 年 3 月第 1 版
印　　次 2021 年 6 月第 21 次印刷
开　　本 145 毫米×210 毫米 32 开
印　　张 7.5
ISBN 978-7-5414-5416-5
定　　价 18.00 元

退换声明：若有印刷质量问题，请及时和销售部门（010-88356856）联系退换。